LA VIE ET DEMIE

Au lendemain de son indépendance, la Katamalanasie est gouvernée par un « guide providentiel » dont l'autocratie touche au délire. Pour se débarrasser de toute opposition, il n'hésite pas à égorger, « revolvériser », sabrer Martial, le chef charismatique. Mais Martial continue à parler. Réduit en pâté, mangé par les membres de sa famille, il vit toujours. Il ne cessera pas de vivre et de tourmenter le Guide — et ses successeurs — tout au long de cette histoire qui s'étale sur plusieurs générations. Sa fille Chaï-dana s'associera à la résistance de l'intransigeant zombi : par exemple, quand, installée à l'hôtel *La Vie et Demie*, elle se prostitue aux dignitaires du régime pour les liquider l'un après l'autre...

Mais ce n'est là que le début d'aventures extraordinaires qui, sous la forme d'annales burlesques de régimes dictatoriaux successifs, composent une fable « hénaurme » et réaliste, à la fois satire féroce, récit de science-fiction, livre de sagesse, le tout transfigurant l'histoire, l'Afrique et le monde.

Sony Labou Tansi est né au Congo en 1947, où il n'a jamais cessé de résider jusqu'à sa mort en juin 1995. Romancier, poète et dramaturge, il est l'auteur de six romans, tous publiés au Seuil, dont le légendaire La Vie et demie, *et d'une douzaine de pièces de théâtre jouées notamment en Italie, en allemagne et aux États-Unis. Il a animé à Brazzaville la troupe du Rocado Zulu.*

Sony Labou Tansi

LA VIE
ET DEMIE

ROMAN

Éditions du Seuil

TEXTE INTÉGRAL

ISBN 2-02-035306-7
(ISBN 2-02-009968-3, 1re publication poche
ISBN 2-02-005265-2, 1re publication)

© Éditions du Seuil, septembre 1979

à Sylvain Mbemba
parce que, tout au long de cette fable
je ne cesse de me dire :
« Qu'est-ce qu'il va en penser le vieux ? »

à Henri Lopes aussi
puisque en fin de compte
je n'ai écrit
que son livre.

Avertissement

La Vie et Demie, ça s'appelle écrire par étourderie. [thoughtlessness]
Oui. Moi qui vous parle de l'absurdité de l'absurde,
moi qui inaugure l'absurdité du désespoir — d'où voulez-vous que je parle sinon du dehors ? A une époque
où l'homme est plus que jamais résolu à tuer la vie,
comment voulez-vous que je parle sinon en chair-
mots-de-passe ? J'ose renvoyer le monde entier à
l'espoir, et comme l'espoir peut provoquer des sautes
de viande, j'ai cruellement choisi de paraître comme
une seconde version de l'humain — pas la dernière
bien entendu — pas la meilleure — simplement la dif-
férente. Des amis m'ont dit : « Je ne saurai jamais
pourquoi j'écris. » Moi par contre je sais : j'écris pour
qu'il fasse peur en moi. Et, comme dit Ionesco, je
n'enseigne pas, j'invente. J'invente un poste de peur
en ce vaste monde qui fout le camp. A ceux qui cherchent un auteur engagé je propose un homme engageant. Que les autres, qui ne seraient jamais mes autres, me prennent pour un simple menteur. Évidemment l'artiste ne pose que l'une d'une infinité des

9

ouvertures de son œuvre. Et à l'intention des amateurs de la couleur locale qui m'accuseraient d'être cruelle- ment tropical et d'ajouter de l'eau au moulin déjà inondé des racistes, je tiens à préciser que *la Vie et Demie* fait ces taches que la vie seulement fait. Ce livre se passe entièrement en moi. Au fond, la Terre n'est plus ronde. Elle ne le sera jamais plus. *La Vie et Demie* devient cette *fable* qui voit demain avec des yeux d'aujourd'hui. Qu'aucun aujourd'hui politique ou humain ne vienne s'y mêler. Cela prêterait à confusion. Le jour où me sera donnée l'occasion de parler d'un quelconque aujourd'hui, je ne passerai pas par mille chemins, en tout cas pas par un chemin aussi tortueux que la fable.

C'était l'année où Chaïdana avait eu quinze ans. Mais le temps. Le temps est par terre. Le ciel, la terre, les choses, tout. Complètement par terre. C'était au temps où la terre était encore ronde, où la mer était la mer — où la forêt... Non ! la forêt ne compte pas, maintenant que le ciment armé habite les cervelles. La ville... mais laissez la ville tranquille.

— Voici l'homme, dit le lieutenant qui les avait conduits jusqu'à la Chambre Verte du Guide Providentiel.

Il avait salué et allait se retirer. Le Guide Providentiel lui ordonna d'attendre un instant. Le soldat s'immobilisa comme un poteau de viande kaki. La Chambre Verte n'était qu'une sorte de poche de la spacieuse salle des repas. S'approchant des neuf loques humaines que le lieutenant avait poussées devant lui en criant son amer « voici l'homme », le Guide Providentiel eut un sourire très simple avant de venir enfoncer le couteau de table qui lui servait à déchirer un gros morceau de la viande vendue aux Quatre Saisons, le plus grand magasin de la capitale, d'ailleurs réservé au

11

gouvernement. La loque-père sourcillait tandis que le
fer disparaissait lentement dans sa gorge. Le Guide
Providentiel retira le couteau et s'en retourna à sa
viande des Quatre Saisons qu'il coupa et mangea avec
le même couteau ensanglanté. Le sang coulait à flots
silencieux de la gorge de la loque-père. Les quatre lo-
ques-filles, les trois loques-fils et la loque-mère n'eurent
aucun geste, parce qu'on les avait liés comme de la
paille, mais aussi et surtout parce que la douleur avait
tué leurs nerfs. Le visage de la loque-mère s'était rempli d'éclairs ténébreux, comme celui d'un mort dont
on n'a pas fermé les yeux, deux larmes ensanglantées
nageaient dans les prunelles. Le repas du Guide Providentiel qu'on avait trouvé à son début prenait habituellement quatre heures. Il touchait à sa fin. Le sang
coulait toujours. La loque-père restait debout, souche
de plomb, sourcillant, il respirait comme un homme
qui vient de faire l'acte ; le Guide Providentiel se leva,
rota bruyamment, on le fait souvent au village après
un délicieux repas, il donna l'ordre au général Payadizo de faire apporter le dessert, vint devant la loque-
père, les dents serrées comme des pinces, et lui cracha
au visage.

— Qu'est-ce que tu attends ? dit-il sans desserrer les
dents.

La loque-père ne répondit pas, le Guide Providentiel
lui ouvrit le ventre du plexus à l'aine comme on ouvre
une chemise à fermeture Éclair, les tripes pendaient,
saignées à blanc, toute la vie de la loque-père était
venue se cacher dans les yeux, jetant le visage dans

une telle crue d'électricité que les paupières semblaient soumises à une silencieuse incandescence, la loque-père respirait comme l'homme qui vient de finir l'acte d'amour, le Guide Providentiel enfonça le couteau de table dans l'un puis dans l'autre œil, il en sortit une gelée noirâtre qui coula sur les joues et dont les deux larmes se rejoignirent dans la plaie de la gorge, la loque-père continuait à respirer comme l'homme qui vient de finir l'acte.

— Maintenant qu'est-ce que tu attends ? tonna le Guide Providentiel exaspéré.

— Je ne veux pas mourir cette mort, dit la loque-père, toujours debout comme un i, sourcillant dans le vomi des yeux, les lèvres terribles, le front aussi.

Alors le Guide Providentiel s'empara du revolver du lieutenant, l'arma et en porta le canon à l'oreille gauche de la loque-père, les balles sortirent toutes par l'oreille droite avant d'aller se fracasser contre le mur.

— Je ne veux pas mourir cette mort, dit la loque-père.

La colère du Guide Providentiel monta, qui gonfla sa gorge et dilata son menton en manche de houe, son long cou s'allongea davantage, il exécuta un pénible va-et-vient, mangea son dessert, une salade de fruits, puis revint vers l'homme.

— Alors, quelle mort veux-tu mourir, Martial ?

Il prit cet air misérable de supplication. Martial ne parla pas. Le Guide Providentiel fit chercher son propre PM où pendait un petit paquet fleuri de peau de

13

tigre et de trois plumes de colibri. Il planta le canon
de l'arme au milieu du front de la loque-père.

— Celle-ci, Martial ?

Il tira un chargeur, en répétant nerveusement « celle-
ci ? ». Il tira un deuxième chargeur à l'endroit exact
où il devinait le cœur de la loque-père, toutes les balles
firent leur chemin jusqu'au mur, la bouche de la loque-
père s'ouvrit lentement et la phrase sortit en une voix
calme et limpide. Le Guide Providentiel quitta son air
de supplication et ragea longuement, il se fit apporter
son grand sabre aux reflets d'or et se mit à abattre la
loque-père en jurant furieusement sur ses trois cent
soixante-deux ancêtres, rappelant par sa hardiesse et sa
fougue les jours lointains où ces mêmes ancêtres abat-
taient la forêt pour construire la toute première version
d'un village qui devait devenir Yourma, la capitale ;
il enfonçait des bouts de phrases obscènes au fond de
chaque geste. La loque-père fut bientôt coupée en deux
à la hauteur du nombril, les tripes tombèrent avec le
bas du corps, le haut du corps restait là, flottant dans
l'air amer, avec la bouche saccagée qui répétait la
phrase. Puis le Guide Providentiel se calma et retomba
dans son air de supplication, épongeant la sueur qui
mettait son visage en nage, il poussa des pieds le bas
du corps, se fit apporter une chaise de salle à manger,
la fit mettre devant le haut du corps, y prit place,
fuma un cigare complet avant de se relever.

— Enfin, Martial, sois raisonnable.

Il se mordait fortement la lèvre inférieure, une violente rage lui gonflait la poitrine, faisant tournoyer ses

petits yeux semés au hasard du visage. L'instant d'après, il parut plus calme, tourna longuement autour du haut du corps suspendu dans le vide, considéra avec un début de compassion cette boue de sang noire qui en goudronnait la base.

— Sois raisonnable, Martial, et dis-moi quelle mort tu veux mourir ?

Aucune voix ne sortit de la loque-père ; le Guide Providentiel pensa à une de ces gammes de poisons dont il se servait quand il avait eu pitié d'une loque et qu'il avait décidé de lui accorder la grâce d'une mort en vitesse.

— C'est parfait, dit-il. Tu as gagné, Martial : tu l'auras.

Il alla lui-même chercher la dose, la versa dans le verre qui lui avait servi à boire les vins vendus aux Quatre Saisons, il y ajouta du champagne jusqu'au bord.

— Une mort au champagne, maugréait le Guide Providentiel. Pour un chiffon d'homme qui a blessé la République d'une vingtaine de guerres civiles, la mort au champagne devient un hommage. Je te la donne à contrecœur, Martial.

Il versa le contenu du verre dans la bouche ouverte de la loque-père, le liquide traversa la gorge, sortit par le trou du couteau, coula le long du torse nu, vint se mêler aux torchons de viande déchiquetée avant de s'égoutter comme un faux sang sur le sol carrelé. Le Guide Providentiel attendit, il y eut un long silence, puis la voix sortit, moitié par la bouche, moitié par la

blessure du couteau. Le Guide Providentiel se fâcha
pour de bon, avec son sabre aux reflets d'or il se mit
à tailler à coups aveugles le haut du corps de la loque-
père, il démantela le thorax, puis les épaules, le cou,
la tête ; bientôt il ne restait plus qu'une folle touffe
de cheveux flottant dans le vide amer, les morceaux
taillés formaient au sol une sorte de termitière, le
Guide Providentiel les dispersa à grands coups de pied
désordonnés avant d'arracher la touffe de cheveux de
son invisible suspension ; il tira de toutes ses forces,
d'une main d'abord, puis des deux, la touffe céda et,
emporté par son propre élan, le Guide Providentiel se
renversa sur le dos, se cogna la nuque contre les carreaux, il en serait mort sur le coup, mais ce n'était
pas un homme fragile, il constata que ses mains étaient
devenues noires, d'un noir d'encre de Chine ; plus
tard, le Guide Providentiel passa des journées à vouloir
laver ce noir de Martial à tous les savons et à tous les
dissolvants du monde, le noir ne disparut pas.

— Vous allez me bouffer ça, dit le Guide Providentiel aux autres loques. Je n'y ai pas enfoncé ma sueur
pour rien.

Il ordonna qu'on vînt prendre la termitière et qu'on
en fît moitié du pâté et moitié une daube bien cuisinée
pour le repas du lendemain midi.

— Il y a huit ventres, précisa le Guide Providentiel
à son cuisinier personnel.

Il jeta un coup d'œil triomphal au lieutenant. Le
lieutenant se mit comme un i, prêt à recevoir les
ordres.

16

— Remmène ces chiffons. Qu'ils viennent manger demain.

Le lieutenant poussa les huit loques devant lui, le cuisinier qui avait fini de déplacer la termitière enlevait ses gants pour laver la place.

Chaïdana se rappelait ces scènes-là tous les soirs, comme si elle les recommençait, comme si, dans la mer du temps, elle revenait à ce port où tant de cœurs étaient amarrés à tant de noms — elle était devenue cette loque humaine habitante de deux mondes : celui des morts et celui des « pas-tout-à-fait-vivants », comme elle disait elle-même.

Le lendemain, le lieutenant les ramena pour le repas de midi : c'était une table ronde. Cette part des événements, Chaïdana la revivait tous les midis, ce qui lui donnait l'amère impression de passer deux fois sur certaines séquences de son existence. On avait mis huit couverts en argent et un en or. On avait placé Chaïdana et Providentiel, sa mère et ses trois frères directement en face. La cuvette de pâté présidait au milieu des champagnes, à côté d'une autre cuvette d'une daube bien assaisonnée et parfumée. Devant le couvert en or fumait l'éternelle viande vendue aux Quatre Saisons, entre quatre mâts de champagne Providencia, la seule marque qui entrait dans le ventre du Guide Providentiel, et qui portait la mention « Cuvée de Son Excellence Matéla-Péné Loanga ».

Le Guide Providentiel commençait toujours ses repas par deux doses d'un alcool local fabriqué à l'intention des guides.

— Je suis carnassier, dit-il en tirant le plat de viande vers lui.

Le Guide Providentiel avait toujours son garde du corps à sa gauche, sans doute voulait-il observer la rigueur de la superstition selon laquelle la mort des grands vient toujours de la gauche.

— Vous avez ce soir et maintenant pour terminer vos deux plats.

Chaïdana se rappela comme ils avaient commencé par le pâté plus facile à avaler que la daube pleine de cheveux et dont les morceaux résistaient aux dents et à la langue, d'une résistance plus offensante. Le Guide Providentiel parla de sa vie, des vins, des femmes, du football, des Espagnols qui incitaient les voisins à d'outrageantes provocations, des Français qui se battaient pour le permis de prospection en mer : « Ils me font de vraies prières, ces gens, ils sont contraints de m'aimer, et c'est presque vrai qu'ils m'aiment. »

— N'en jetez rien, s'il vous plaît.

Jules, l'aîné, ne mangeait pas. Le Guide Providentiel s'était levé, lui avait caressé le menton puis le front, il lui avait même souri gentiment.

— Alors, mon ange, tu le manges ton pâté ?

— Je n'ai pas faim.

— Mange quand même.

— Non.

Le Guide Providentiel lui avait simplement planté son couteau de table dans la gorge. Pendant qu'ils mangeaient, le cadavre de Jules se vidait de son sang. Chaïdana se souvint qu'ensuite le sang avait mouillé

ses pieds nus — elle s'en rappelait la tiédeur. Le soir,
ils eurent mangé le pâté et la daube : le Guide Providentiel leur adressa les félicitations les plus cordiales
avant de déclarer qu'il restait le pâté de l'autre, à la
fin duquel leur serait rendue la liberté. Le lendemain,
à midi, ce furent la loque-mère, Nelanda, Nala, Zarta,
Assam et Ystéria qui refusèrent de manger. Le Guide
Providentiel planta six fois son couteau de table, Chaïdana et Tristansia mangèrent de la daube pendant sept
jours. Le soir du septième jour de viande, elles rem-
plirent la salle d'un tapis de vomi d'un noir d'encre
de Chine où le Guide Providentiel glissa et tomba, il
salit le côté gauche de son visage d'une tache indélé-
bile, semblable à celle qu'il avait sur les mains, tache
qu'il allait garder jusqu'au jour des obsèques nationales prévues par la Constitution, tache que les gens
eurent bien raison d'appeler « noir de Martial ».

Quand il voulut rejoindre son lit après ses quatre
heures habituelles de table, le Guide Providentiel y
trouva le haut du corps de la loque-père qui avait
horriblement sali les draps « excellentiels » au noir de
Martial. Le guide entra dans une rage infernale, il tira
huit chargeurs avec son PM sur le haut du corps, il
fit un grand trou au milieu du lit, à l'endroit où il
avait vu le haut du corps, il marcha longuement dans
toute la pièce, beuglant, jurant, insultant, menaçant.
Essoufflé il s'assit sur la table de chevet et retrouva
son vieil air de supplication.

— Enfin, Martial ! Combien de fois veux-tu que je
te tue ?

On avait changé le lit « excellentiel » seize fois en l'espace d'un mois, temps pendant lequel le Guide Providentiel n'avait pas fermé l'œil une seule nuit, le haut du corps de Martial venait toujours à côté de lui, noircissant les draps qu'on devait maintenant brûler et changer tous les jours, il demanda qu'on lui affectât les quarante plus courageux et plus charnus gorilles de l'armée — c'était pour la plupart des hommes grands comme deux, forts comme quatre et velus comme des ours. Le guide dormait entre quatre d'entre eux collés à sa peau, tandis que le reste du contingent s'ajoutait à une cinquantaine de soldats ordinaires qui remplissaient les veillées de Son Excellence du bruit ferré de leurs sinistres souliers ; et quand les reins du Guide avaient posé leur problème, on remplaçait les peaux-collants directs par des êtres du sexe d'en face, les gardes assistaient alors aux vertigineuses élucubrations charnelles du Guide Providentiel exécutant sans cesse leur éternel va-et-vient en fond sonore aux clapotements fougueux des chairs dilatées. Le haut du corps de Martial venait toujours couper les appétits et le sommeil du Guide Providentiel jusqu'à ce jour où, Kassar Pueblo, le cartomancien préféré du Guide Providentiel, établit cette chose :

— Son Excellence doit partager son lit avec la fille de Martial pour chasser l'image du revenant. Mais Son Excellence doit absolument éviter de faire la chose-là avec la fille de Martial.

Pendant trois ans le Guide Providentiel partagea ses nuits avec la fille de Martial sans faire la chose-là avec

elle, ni avec aucune autre femme. C'était l'époque où
il parlait à tout le monde de ses trois ans d'eau dans
la vessie. Le haut du corps de Martial n'entrait plus
dans la chambre excellentielle d'où Chaïdana ne sortait
plus selon les recommandations du cartomancien Kassar Pueblo. Elle mangeait et faisait ses besoins dans
le lit excellentiel qui avait reçu des aménagements
appropriés. Pour ne pas couper Chaïdana de l'extérieur
et de la nature, la chambre elle-même avait été trans-
formée en mini-dehors, avec trois jardins, deux ruisseaux, une mini-forêt où vivaient des multitudes
d'oiseaux, de papillons, de boas, de salamandres, de
mouches, avec deux marigots artificiels, un pas très
loin du lit et un entre les deux ruisseaux où des crabes
de toutes les dimensions nageaient ; les gendarmes ja-
cassaient aux douze palmiers mais Chaïdana aimait
surtout la mare aux crocodiles, ainsi que le petit parc
aux tortues, là où les pierres avaient des allures humaines. C'était aussi l'époque où le Guide Providentiel
s'adonnait à de grands concours de bouffe, époque à
laquelle dans cette discipline, il avait vaincu le célèbre
Kanawamara qui disait venir d'où venait le soleil,
Kopa dit la Marmite, Joanchio Netr, Samou le Terrible, Ansotoura le fils des Buffles, Gramanata dit la
Panse, Sashikatana et bien d'autres.

Le soir de la fête de l'Indépendance, le Guide Providentiel voulut enfreindre la loi des cartes de Kassar
Pueblo en essayant de faire la chose-là avec la fille de
Martial. Chaïdana dormait profondément à cause du
petit comprimé qu'elle prenait tous les soirs avant de

se coucher pour calmer la douleur qui trottait dans son corps. « ... Ils m'ont mis là-dedans un corps et demi, répétait-elle au médecin personnel du Guide Providentiel qui fauchait quelques instants au programme officiel et pénétrait dans la chambre excellentielle avec la complicité de l'un ou de l'autre garde. Vous ne pouvez pas deviner, docteur, vous ne pouvez pas savoir comme ça vibre une chair et demie. »

Le docteur savait seulement qu'elle avait un corps farouche, avec des formes affolantes, un corps d'une envergure écrasante, électrique, et qui mettait tous les sens en branle, et il lui disait toujours, à ce corps plus qu'à celle à qui il appartenait : « Écrasante beauté !... Impérative beauté !... »

Il la comparait à une fleur au milieu des flammes, mais qui ne brûlait pas, mais qui ne brûlerait pas. Chaïdana aimait bien les témérités de cet homme qu'elle disait être trois mondes en retard derrière elle, elle aimait sa façon de parler du corps, du cœur, du sang. Il n'était pas beau, mais pas laid non plus.

Le Guide Providentiel lui-même prônait la beauté infernale de Chaïdana, mais il avait des raisons de ne pas offenser les cartes de Kassar Pueblo, sauf en cette nuit de la fête de l'Indépendance, où la tentation lui gonflait les narines et le pantalon et prenait déjà le poids de son propre corps.

Il toucha les seins sous la chemise car Chaïdana dormait toujours habillée d'un pantalon et d'une chemise de toile — selon les ordres du guide —, elle mettait la chemise sous un gilet en peau de panthère qu'un tailleur de Yourma lui avait confectionné. C'était un jeune sein frais et ferme qui répondit à la main du Guide Providentiel :

— Le corps, c'est la seule chose au monde qui n'ait pas de fond, murmura le Guide Providentiel.

La fraîcheur du sein lui monta jusqu'au cœur. Il répéta que le corps n'aurait jamais de fond au moment où il toucha le nombril ; le Guide Providentiel allait consommer son viol quand il vit le haut du corps de Martial : les yeux avaient poussé, mais la blessure au front, ainsi que celle de la gorge restaient béantes. Le Guide Providentiel se précipita à son PM et balaya la chambre d'une infernale rafale qui tua tous les gardes qu'il disposait comme de vieux objets de musée le long du mur d'en face et le long de celui des deux ruisseaux qui séparait l'aire du lit du dehors artificiel aménagé dans la chambre excellentielle. Quand le lieutenant accourut avec une dizaine et demie de gens, dispos et armés jusqu'aux dents, le Guide Providentiel lui expliqua jusqu'aux plus petits détails comment Martial était apparu avec un PM et avait fait feu sur les gardes. Le lieutenant avala le mensonge et aucun des gardes qui n'étaient pas encore morts ne pouvait prendre le risque d'une version contraire à celle du Guide Providentiel. Tous affirmèrent avoir vu Martial et son PM. Chaïdana dormait toujours. Son beau corps flottait dans le rythme d'une délicieuse respiration, avec la poitrine qui partait puis retombait, le visage plongé dans la demi-pénombre des veilleuses. Elle était déjà la plus belle fille du pays. C'est peut-être pour cela que le

médecin personnel du Guide Providentiel lui répétait souvent : « Le corps est un autel, le corps est le plus beau des pays. Faut pas lui refuser sa part de folie.
— Le mien est une vilaine somme, répondait Chaïdana. »

Quand le lieutenant s'était retiré après avoir fait débarrasser la pièce des cadavres des gardes et laver les carreaux, le Guide Providentiel réveilla Chaïdana en lui tirant les oreilles comme on les tire à un enfant réfractaire. Au réveil, elle avait toujours cet air étourdi d'un ange et criait toujours le nom de sa mère : Abaïtchianko !

— Ton père était là, dit le Guide Providentiel, la voix estompée par la rage. S'il revient, je te mettrai en morceaux.

Il but une bouteille de champagne, fuma sa pipe, puis s'étendit sur le lit, les yeux cloués au plafond. Le lendemain matin, le cartomancien Kassar Pueblo vint le voir tout furieux.

— Martial est venu se plaindre. C'est une honte : tu as essayé.

— J'ai eu envie, expliqua le Guide Providentiel. J'en ai marre de frotter tout seul. Je me blesse la queue.

— Si tu la violes, Martial se vengera.

Kassar Pueblo consulta longuement ses cartes. Le Guide Providentiel avalait chacun de ses gestes.

— Maintenant que tu as essayé, tu dois dormir sur une natte baignée dans le sang de quatorze poules et de deux coqs ; tu étendras sous la natte trois jeunes

24

rameaux qui ont vu se coucher le soleil et tu brûleras trois fleurs de mandarinier une fois tous les six jours.

Le temps passa. Le Guide Providentiel essaya une fois encore et une fois encore Martial alla se plaindre chez Kassar Pueblo, une fois encore Kassar Pueblo vint dans la chambre excellentielle le front fermé.

— Ta mort est proche et ta viande sera peut-être mangée par les chiens.

— Donne-moi tes cartes, dit le Guide Providentiel.

— Les infidèles ne touchent pas ces objets-là, dit Kassar Pueblo.

Le Guide Providentiel lui sauta à la gorge, il serra tellement fort que les os se brisèrent, les yeux de Kassar Pueblo sortirent entièrement des orbites et pleuraient rouge. Longtemps après la mort de Kassar Pueblo le Guide Providentiel continua à dormir sur la natte et à brûler les fleurs de mandarinier. Ce soir-là, sans trop savoir pourquoi, le Guide Providentiel se rappelait sa vieille aventure, il y avait vingt ans : on devait l'arrêter pour vol de bétail, il alla chercher son propre certificat de décès qui le tuait dans un incendie, l'apporta lui-même aux services de la police régionale, prit une nouvelle carte d'identité qui lui donna le nom d'Obramoussando Mbi. Quelques instants après, il lisait à haute voix le nom écrit sur le certificat de décès, Cypriano Ramoussa, le voleur de bétail dont il passait maintenant pour le père. Cette petite jonglerie lui avait coûté en tout et pour tout huit mille coriani de l'époque, un coriana valant alors la sensible somme de cinquante francs d'aujourd'hui. L'ancien mort avait quitté sa région pour une région lointaine du Nord, puis il avait intégré les Forces armées de la démocratie nationale et, grâce à ses dix-huit qualités d'ancien voleur de bétail, s'était fait un chemin louable dans la vie. L'apparition répétée de Martial n'avait rien de commun avec son propre jeu d'identité. Le nouveau cartomancien du Guide Providentiel était moins fort que Kassar Pueblo. Il voyait seulement que les jours se vidaient sur l'arbre de l'existence du guide, mais il n'osa pas lui en parler à cause des conditions de la mort de Kassar Pueblo que personne n'ignorait. Il craignait Martial aussi bien que le guide lui-même.

C'était le jour où le Guide Providentiel avait un grand meeting, place de l'Égalité-entre-l'Homme-et-la-Femme. Comme toujours, il demanda au cartomancien de lui prédire l'avenir pour les heures qui venaient. Le cartomancien vit une sorte de mousse bleuâtre au milieu du roi de trèfle, une poupée flottait dans la mousse. L'explication était tragique, mais n'ayant aucune envie de mourir, le cartomancien se tut. Le guide alla au meeting avec l'assurance que tout allait bien marcher. Le médecin personnel du guide profita de son absence pour pénétrer dans la chambre excellentielle où Chaïdana dormait encore. Il la réveilla et lui annonça qu'il fallait à tout prix partir de Yourma.

— Partout c'est le monde, dit Chaïdana.

— Mon monde c'est vous, dit le docteur.

— Vous avez choisi un mauvais monde. Je ne partirai pas d'ici que je ne l'aie tué au moins vingt fois.

Il faut qu'il rampe devant ma pitié, que je marche sur son ventre.

— Vous voulez peut-être que je vous enlève ? Non ! Pas de héros dans ce pays. Ici c'est la terre des lâches. Vous ne pouvez pas vous risquer à sortir des normes. Vous avez de la chance : vous êtes infernalement belle, il faut rendre au corps sa part de culte. Vous avez un corps, comment dire ça ? Farouche, formel.

Chaïdana avait souri avec la technicité d'une adolescente à qui l'on montre son odeur et ses formes.

— Vous avez des dents à mordre aux endroits les mieux charnus de l'existence.

Elle devint triste.

— Comment vous dire, docteur ? On n'est pas du même monde. On n'a pas le même coefficient charnel. Moi, là-dedans, c'est une fois et demie.

Le docteur lui tendit un petit sac de cuir bleu qu'elle prit d'une main inconsciente.

— Vous avez vos papiers là-dedans. Vous vous appelez maintenant Chanka Ramidana.

— C'est une belle appellation, mais je reste.

A ce moment, Martial leur apparut comme avant son arrestation, en soutane kaki de pasteur du prophète Mouzediba. Chaïdana tremblait comme une feuille, sans pouvoir dire si c'était de peur ou de joie ; ses urines cédèrent. Le docteur, lui, avait peur, mais il fit de gros efforts pour n'en rien laisser paraître. Ils attendirent qu'il parlât, malgré la tradition qui, en pareilles circonstances, ordonnait aux vivants d'user de la parole avant les morts afin de ne pas la perdre pour

27

toujours. Martial ne parla pas. Il désigna la blessure qu'il avait à la gorge et qui saignait sous un tampon de gaze, il s'approcha de sa fille, lui prit les mains, fit rencontrer son front au sien trois fois, un grand sourire montrait ses grosses dents d'un blanc de fauve, il chercha l'éternel stylo à bille qu'il portait encore dans ses cheveux touffus et écrivit dans la main gauche de Chaïdana : « Il faut partir. »

Plus tard, quand elle voulut faire disparaître les mots, Chaïdana eut beau se frotter la paume à sang, les mots restèrent. C'était en fait écrit du même noir de Martial qu'on lisait sur le côté gauche du visage du Guide Providentiel. Le sourire secoua encore une fois le visage déjà ridé du vieux tigre des forêts, un de ces sourires qui vous fendent le cœur.

A sa disparition, Chaïdana se cramponna au ventre du docteur qui faillit en tomber de bonheur.

— Les morts auront toujours raison, dit le docteur.

— Il n'a pas parlé. Sans doute à cause de la blessure.

— Les morts auront toujours raison, répéta le docteur.

— Lui avait refusé. Je commence à croire qu'il avait refusé sa mort. Mais je ne partirai pas avant.

Ils sortirent du palais excellentiel sans qu'aucun des gardes leur posât la moindre question ni même vérifiât leurs papiers. A la grande barrière, ils ne montrèrent pas l'autorisation de sortie qu'ils avaient prise sans mal à une des barrières internes sur simple présentation de la carte de fidélité. Les rues étaient celles de Yourma trois ans auparavant, quand on lança des tracts de Martial avec la mention « traître à la patrie et assassin de la cause populaire » — trois ans auparavant quand cette mention était tombée comme un couperet sur la tête de tous les parents proches ou lointains, amis et voisins de Martial. Les premières séries d'assassins de la cause du peuple furent fusillées à la mairie. Le compteur enregistreur des fusillés marquait entre quatre et cinq cents par jour les deux premiers mois qui suivirent l'arrestation de Martial. Ceux des grands qui avaient des ennemis personnels les ajoutaient simplement sur les listes des à-fusiller. Ceux qui avaient des amis sur les listes faisaient disparaître leurs noms et leur trouvaient des remplaçants dans la masse des à-surveiller. Le Guide Providentiel signa un décret qui lui réservait la mort de Martial, privilège de ses mains providentielles. Il avait voulu qu'y assistassent tous ceux qui avaient le sang maudit de Martial dans les veines, ainsi que toutes les femmes qui l'avaient vu nu. La liste de ces dernières s'était arrêtée à la seule mère des enfants de Martial, les autres suspectes ayant pu se tirer d'affaire contre une ou deux nuits dans les jambes des enquêteurs. La pratique devait d'ailleurs tourner au tragique puisque tous ceux qui voulaient coucher avec une jolie femme n'avaient qu'à menacer de la faire passer pour la maîtresse de Martial. Beaucoup d'enfants de père inconnu naquirent de cette nouvelle technique de séduction sans peine dont la propagation atteignit des régions où Martial lui-même n'avait jamais mis le pied, pour la simple raison

qu'elles étaient à plusieurs dizaines de milliers de kilomètres de Yourma-la-Neuve, ville natale du rebelle
et de la rébellion.

Ils arrivèrent chez le docteur dont la villa était gar-
dée par cinquante gorilles aux yeux perdus dans les
poils.

— C'est pas prudent qu'on nous voie ensemble partout, dit le docteur. Vous connaissez bien Yourma ?

— Assez bien.

Il lui tendit une grosse liasse de billets de banque
enroulée dans un chèque. Chaïdana hésita mais le docteur sut la convaincre rapidement.

— Nous sommes dans la ville à problèmes. Ici, le
seul chemin, ce sont ces chiffons-là. Ça vous sauve de
tout. Vous connaissez l'hôtel *La Vie et Demie* ?

— Oui.

— Allez m'attendre là-bas. Demandez la clé de la
chambre 38. Ils ont mes instructions. Ne vous inquiétez
pas si je tarde un peu : je suis un client spécial. J'ai
loué la chambre pour trois ans. Ils ont confiance. La
dernière fois, j'ai payé pour huit ans. Bonne chance.
Moi je vais prendre une nouvelle identité. C'est le
pays, ma chère. Et le pays nous demande d'être forts
dans l'acte de fermer les yeux.

Il la conduisit jusqu'à son taxi. C'était l'heure où
le soleil a des lames de plomb, où les mouches déchi-
rent l'air du bruit aigu de leur vol, le chien n'aboie
plus, les bidonvilles semblent dormir d'un sommeil de
feu et de feuilles, l'heure à laquelle le proverbe dit
qu'il n'est pas doux de mourir. Le docteur marcha

devant elle qui pensait à cette époque où ils avaient donné le surnom de Bébé-Hollandais au trop mou M. Delkamayata, leur professeur de philosophie, au lycée de la Révélation. Pauvre M. Delkamayata ! Les élèves de la terminale A 12 l'appelaient la Vache-qui-rit — une véritable contradiction, car l'homme ne riait jamais. Elle pensa un instant à Ndolo-Mbaki Bambara, un enfant qui se disait le petit frère de la Vache-qui-rit, mais qui, en réalité, n'avait rien d'un petit frère de Bébé-Hollandais-la-Vache-qui-rit : il apportait tous les jours une gourde de quelque forte boisson locale, parfois de ces alcools sophistiqués, il en distribuait à toute la rangée du fond, toujours au cours de Bébé, à la fin de l'heure, tout le fond était saoul, et le cours de Bébé-Hollandais n'atterrissait que sur des vapeurs de *kachetanikoma,* ou de *koutou-mechang.* Mais ce n'était pas grave, puisque les fonds des classes étaient réservés aux enfants des pontes, qui avaient les diplômes sur un coup de fil au Service national des examens. Elle se rappela cette année où Bébé-Hollandais avait donné un zéro à l'enfant du maire de Yourma ; l'affaire s'était gâtée et Bébé avait été envoyé avec sa philosophie dans la forêt du Darmellia comme professeur de français au collège, dans un centre d'attractions pour Pygmées. Elle se rappela aussi l'époque où la prison de Yourma s'appelait l'université parce qu'on y avait emmené les cinq cent douze étudiants que les balles avaient laissés en vie lors de la manifestation du 15 mars. Elle y était allée avec le petit frère de Bébé-Hollandais qui préparait son baccalauréat. Ils devaient être quatre ou cinq mille à la Maison du Combattant. Elle se rappela la dernière parole du petit frère de Bébé-Hollandais : « Quand ces choses-là se passent en Afrique du Sud, nous aboyons. Quand elles se passent chez nous-mêmes, la radio nationale... » Il était tombé. Les balles qui avaient creusé son front devaient tuer Chaïdana.

Le taxi s'était arrêté, Chaïdana n'en bougea pas.

— C'est ici madame, dit le chauffeur.

— Oui, monsieur, c'est ici.

— Où est-elle ? rugissait le Guide Providentiel en piquant de sa fourchette la gorge du docteur.

C'était le dimanche soir, jour où le Guide Providentiel mangeait saignante la viande des Quatre Saisons. On y ajoutait de l'huile, du vinaigre et trois doses d'un alcool local sophistiqué. En temps normal, le guide aurait roté plusieurs fois, il se serait sérieusement léché les doigts avant de prononcer l'éternel bout de phrase : « Le *kampechianata*[1], ça vous ajoute un peu de chair dans la chair. »

— Où est-elle ?

Un faible vrombissement arrivait dans les oreilles mortes du docteur. Mais comment sortir un mot de cette gorge creusée et pimentée ? L'homme pensait à ce bon vieux temps où le prédécesseur du Guide Providentiel, le président Oscario de Chiaboulata l'avait fait ministre de la Santé publique. C'était cette époque amusante où lui ne savait pas comment ça se passe.

---

1. Nom que le guide donnait à son plat de viande crue.

Il avait été servi par la belle curiosité tribale. Rapidement, son ami Chavouala de l'Éducation nationale, lui apprit à tirer les trente-huit ficelles d'un ministère. « Ta situation est payante. Tu dois savoir te débrouiller... »

Les routes allaient dans trois directions, toutes : les femmes, les vins, l'argent. Il fallait être très con pour chercher ailleurs. Ne pas faire comme tout le monde c'est la preuve qu'on est crétin. « ... Tu verras : les trucs ne sont pas nombreux pour faire de toi un homme riche, respecté, craint. Car, en fait, dans le système où nous sommes, si on n'est pas craint, on n'est rien. Et dans tout ça, le plus simple c'est le pognon. Le pognon vient de là-haut. Tu n'as qu'à bien ouvrir les mains. D'abord tu te fabriques des marchés : médicaments, constructions, équipement, missions. Un ministre est formé — tu dois savoir cette règle du jeu —, un ministre est formé de vingt pour cent des dépenses de son ministère. Si tu as de la poigne, tu peux fatiguer le chiffre à trente, voire quarante pour cent. Comme tu es à la Santé, commence par le petit coup de la peinture. Tu choisis une couleur heureuse, tu sors un décret : la peinture blanche pour tous les locaux sanitaires. Tu y verses des millions. Tu mets ta main entre les millions et la peinture pour retenir les vingt pour cent. Puis tu viendras aux réparations : là c'est toujours coûteux pour une jeune nation et les chiffres sont faciles à fatiguer. Tu passeras aux cartes, aux tableaux publicitaires : par exemple, tu écris dans tout le pays que le moustique est un ennemi du peuple.

Tu y mettras facilement huit cents millions. Si tu as une main agile, tu... »

— Où est-elle ?

La fourchette avait crevé la peau à un nouvel endroit. Le docteur eut un petit mouvement, la langue bougea, mais aucun mot plus lourd que le vent n'en sortit.

Il aurait voulu dire un mot, un seul avant de mourir — mais tous les mots avaient durci dans sa gorge, tous les mots crevaient à fleur de salive. Cette salive déjà pimentée, déjà solide, déjà rouge mort. Le rouge vivant était sur les quatre tiges palmées de la fourchette excellentielle. « ... Le travail d'un bon ministre, c'est d'être constamment en mission. Comment j'ai réussi, moi ? Moi qui suis venu en poste avec des bulletins nuls et deux cent mille rouges. Tu connaissais mon compte : deux cent mille trois cent soixante-sept francs rouges. Moi qui ne vivais plus que de francs rouges. Tu connaissais mes difficultés quand le cousin Bertanio est parti de la Banque du Peuple pour le Développement, quand ils ont donné sa place à Belampire. Quand j'ai failli me suicider, quand j'ai compris que même le suicide, c'est pour les courageux, pas pour nous les lâches. Mais j'ai quand même percé. Question d'audace et de foi. Par exemple, un jour, un type vient me proposer un manuel à mettre au programme des lycées et collèges. Un vrai travail de cochon : un roman écrit par son cousin et où il y avait des odeurs révolutionnaires. Il offrait trois pour cent. J'ai tiré le chiffre à huit pour cent. Le mec n'y perdait rien puisque, étant ministre de la Culture, il avait fait éditer le roman de son cousin avec l'argent des Affaires culturelles. Huit pour cent contre une simple signature. J'ai patronné le marché de la construction scolaire. Tu peux en faire autant pour les centres médico-sociaux ; il faut construire et nous construisons toujours, parce que cette activité-là paye bien son ministre. Enfin, ose, et tu verras comment les petits ruisseaux font de grandes rivières. »

En quatre ans, les petits ruisseaux avaient fait des fleuves. Le docteur commençait à parler des petits ruisseaux qui peuvent faire des mers. Le docteur Tchi, comme on l'appelait à l'époque, mena la vie des VVVF[1] qu'on appelait la vie avec trois V. Il construisit quatre villas, acheta une voiture à huit belles filles. Il construisit la maison pour deux maîtresses : c'était l'époque où les femmes s'appelaient bureaux et où l'on parlait sans gêne d'un neuvième ou dixième bureau. Il vécut une vie vraiment ministérielle.

— Où est-elle ?

On l'avait emmené à poil devant le Guide Providentiel qui n'eut aucun mal à lui sectionner le « Monsieur » pour le mettre en tenue d'accusé, comme on aimait dire ici. Beaucoup de ses orteils étaient restés dans la chambre de torture, il avait d'audacieux lambeaux à la place des lèvres et, à celle des oreilles deux vastes parenthèses de sang mort, les yeux avaient disparu dans le boursouflement excessif du visage, laissant deux

1. Villas, voitures, vins, femmes.

rayons de lumière noire dans deux grands trous d'ombre. On se demandait comment une vie pouvait s'entêter à rester au fond d'une épave que même la forme humaine avait fui. Mais la vie des autres est dure. La vie des autres est têtue.

— Où est-elle ? tu vas le dire ou bien je te mangerai cru.

Le docteur pensa à ce jour de mai où son père se tua en lui laissant une phrase dans les oreilles : « J'ai assez d'arguments pour tuer la vie. » Il voulait et avait essayé de la haïr, mais la haine, c'est finalement trop vaste pour un père que vous avez surpris en flagrant délit de peur. La solitude. La solitude. La plus grande réalité de l'homme c'est la solitude. Quoi qu'on fasse. Simulacres sociaux. Simulacres d'amour. Duperie. Tu es seul en toi. Tu viens seul, tu bouges seul, tu iras seul, et...

— Où est-elle ?

Même cette voix qui demande est une forme de solitude. C'est bien fait d'ailleurs : tu n'existerais pas autrement. Seul dans cette nudité qu'on éparpille. Et quand ça te fait peur, tu montes frapper à tous les corps, à tous les autres, pour réveiller le simulacre. Toute vérité tue.

— Ou bien je te casse les côtes.

La fourchette avait touché l'os, le docteur sentit la douleur s'allumer puis s'éteindre, puis s'allumer, puis s'éteindre. La fourchette s'enfonça dans les côtes, inscrivant la même onde de douleur.

— Où est-elle ?

37

Tu es seul. Tu es seul. Seul au monde. Laisse leur simulacre. Tu n'appartiens à personne d'autre que toi. Oui. Le corps est une traîtrise : il vous vend à l'extérieur, il vous met à la disposition des autres. Tout le reste se défend bien.

Le meeting s'était terminé en queue de tortue pour la simple raison qu'il avait commencé en queue de poisson. Au moment où les éléments de la milice mettaient les présences sur les cartes de fidélité en attendant l'arrivée du Guide Providentiel, la foule avait cru entrevoir Martial sur le podium. La blessure au front saignait sous le tampon de gaze, sur sa poitrine pendait la croix du prophète Mouzediba, tout le monde eut la gorge morte pendant un instant. Après un long murmure qui permit aux assistants de confirmer leur vision, la foule explosa en délicieux délire. En plusieurs régions de la multitude monta le chant de la résurrection du prophète. L'armée dut intervenir. On avait dû abattre cinq jeunes cons qui avaient crié « à bas la dictature ». Trois autres cons avaient été abattus pour un délit plus grave : ils avaient crié « Vive Martial ! ». Mais la tension était restée forte. Les chrétiens disaient avoir vu Martial aux côtés du chevelu de Nazareth. « C'est le Jugement. C'est le Jugement », clamait çà et là une voix dans la multitude de ces gens qui, tout compte fait, n'étaient plus dans la vie que pour attendre le Jugement. Même les grands matérialistes avaient fini par souhaiter le Jugement :

— On n'a plus qu'une issue : le Jugement, avait déclaré ultimement le ministre de la Défense fusillé

38

quelques jours auparavant pour haute trahison. On fi-
nira mal s'il n'y a pas de Jugement.

— Il n'y a personne à juger à part les cons comme
vous, avait répondu le lieutenant chargé de l'exécu-
tion.

Peu avant l'arrivée du Guide Providentiel la foule
s'était à nouveau agitée, avec la police qui essayait de
mettre la main sur un jeune homme qui avait crié « A
bas les flics et la flicaille ! » et qui se faufilait maintenant dans la multitude. Pour éviter de trop longues
perturbations, on avait pêché une tête au hasard des
mains, dans la région de la foule d'où les mots étaient
sortis, on l'emmena sous une tornade de coups de crosses — un sang frais s'échappait des mains des policiers.
Mais bientôt une voix s'était élevée plus haute dans
une autre région de la foule : « Lâchez-le, bande de
cons. C'est pas lui, c'est moi. » Il y eut tellement de
« c'est pas lui, c'est moi », que les policiers durent se
contenter de leur première proie. Un semblant d'ordre
était rétabli dans la foule et le directeur central des
Affaires protocolaires arrangea la venue du guide qui
arriva au milieu d'une forêt de fusils. L'homme fut
applaudi comme un but de championnat par certaines
régions de la foule. Le Guide Providentiel monta sur
le podium, quatre couronnes de fusils s'étaient refer-
mées sur lui, si bien que la grande foule l'entendait
sans le voir. Le discours commença comme d'habitude,
avec le guide criant tout haut, le poing tendu vers le
ciel :

— Nous voulons reprendre !

Et la foule de répondre :
— L'homme à zéro !
— Reprendre !
— L'Histoire à zéro !
— Reprendre !
— Le monde à zéro !
Le Guide Providentiel parla de l'unité « à ce moment difficile de la déshumanisation générale des humains », de la révolution « devenue une nécessité inconditionnelle à la survie des Noirs en particulier et des pauvres en général », du manque de « cohésion dans les rangs pour une action populaire et la lutte contre la misère et le sous-équipement matériel ».

A ce moment, la foule avait cru revoir Martial bousculant le guide jusqu'au bas du podium et prendre sa place. Elle attendit qu'il parlât, mais Martial n'en fit rien. Le désordre fut tel que les policiers durent ouvrir le feu sur la multitude changée en ouragan d'injures, de cris, de vociférations, de « merde », de « je suis touché », où les éclairs de sang précédaient les tonnerres des « bande de cons », des « bâtards des bâtards », des « vous ne m'avez pas tué ». Il y eut l'averse des appels en boulets de noms lancés jusqu'au ciel. Des banderoles apparurent dans la marée des corps fuyants, au milieu de grands nuages de têtes entières ou fracassées. On lisait : « Vive Martial ! — A bas les voleurs de bétail ! — Nos vies s'appellent liberté. » Mais personne ne lisait plus, tout le monde fuyait, les vivants, les morts, les près-de-mourir, les va-pas-s'en-tirer, les entiers, les moitiés, les membres, les morceaux, que la rafale continuait à poursuivre. Des régions humaines fuyantes criaient « Vive Martial » et leur marée était inhumaine. Ces régions tombaient, se relevaient, couraient, tournaient, laissant des lambeaux de viande exsangue. Là-bas, la rafale tirait toujours. Et bientôt des chars marchèrent à la poursuite de cette vase de viande fuyante. Pendant trois jours et trois nuits, la ville avait été cette chose qui bouge, inhumaine. Le quatrième jour était celui du ramassage. Chaïdana, du douzième étage de l'hôtel *La Vie et Demie* regardait le spectacle du ramassage et se rappela une phrase de Martial : « L'indépendance, ça n'est pas costaud costaud. » Le Guide Providentiel s'était enfermé dans sa chambre en attendant que la ville lui fût rendue, comme d'habitude, par ses fidèles. Le soir du quatrième jour, les nouvelles avaient été bonnes et le lieutenant était venu avec un plus amer « voici l'homme ». C'était ainsi que le Guide Providentiel déversait ses trois jours de colère qu'il avait personnellement réservés à la fille de Martial sur le docteur Tchi, qu'on avait arrêté à son domicile principal, villa des Trois-Sourds.

— Où est-elle ?

Le guide rugissait comme deux lions. La fourchette brillait dans la main gauche, elle passerait bientôt dans la main droite, quand la sentence serait prononcée. Bien que déjà hors de la vie, le docteur reconnaissant la fourchette excellentielle pour avoir maintes fois assisté aux exécutions entre deux bouchées de viande vendue aux Quatre Saisons, un semblant de voix sortit de

la gorge pillée en syllabes mourantes, maintenant que
la fourchette passait dans la main droite :

— Non ! pas cette mort, Excellence ! Pas celle-là !

Le Guide Providentiel forgea un rire sarcastique
malgré sa grande colère.

— C'est la mort des traîtres, docteur. Il n'y en a
pas deux. Un traître doit mourir comme un traître.

Le lendemain matin, la radio nationale annonça que
le docteur Tchichialia, l'ancien ministre de l'Éducation
nationale, ancien président de l'Assemblée des élus du
peuple, ancien ministre des Affaires extérieures, ancien
chef du gouvernement, avait trahi la cause et les aspirations nationales du peuple et qu'il avait reçu le
châtiment réservé aux ennemis du peuple et de sa
cause. Chaïdana avait écouté, juste par hasard, alors
qu'elle prenait son petit déjeuner. Elle avait entendu
son intérieur se briser comme un os dans la gueule
d'un chien, avait bêtement répété la phrase de son
père : « L'indépendance, ça n'est pas costaud costaud. » De nouveau, elle avait essayé d'effacer les
maudites inscriptions au noir de Martial, mais en vain,
elle se dénuda devant le grand miroir de la salle de
bains, se regarda longuement tout le corps, c'était un
corps parfaitement céleste, avec des allures et des formes systématiques et carnassières, des rondeurs folles,
qui semblaient se prolonger jusque dans le vide en cui-
sante crue d'électricité charnelle, elle avait le sourire
clef des filles de la région côtière, les hanches fournies,
puissantes, délivrantes, le cul essentiel et envoûtant,

42

puis son regard s'arrêta sur ses lèvres — elle les avait garnies, provocantes, appelantes.

Elle se rappela vaguement cette époque où elle avait quatorze ans et où tout le quartier l'appelait déjà la fille de Dieu.

— Le corps est absurde, dit-elle en se rhabillant. Le corps est un vilain combat, une vilaine bagarre.

Elle descendit au bar pour boire un grand quelque chose et remonta se coucher. L'hôtel recevait en plein visage le souffle du fleuve et les senteurs de l'autre rive. L'hymne des grenouilles continua jusqu'aux dernières heures de la matinée et Chaïdana l'écouta comme la seule musique digne de son corps. Vers onze heures, elle se leva.

— C'est son sang. C'est sa viande : qu'il me les retire de cette vilaine manière.

Le lendemain Chaïdana quitta l'hôtel et alla habiter rue des Anciens-Combattants, dans le quartier le plus pauvre de Yourma. Le propriétaire demanda quatre mille pour une case de cinq pièces, une caution de location de douze mille. C'est en payant le propriétaire qu'elle remarqua dans le lot d'argent que le docteur lui avait donné le chèque chiffré à quatre-vingt-sept millions.

— On dirait qu'ici tout le monde sait. On dirait que finalement tout le monde connaît la date, dit-elle. La date, l'heure et comment.

Cette nuit-là, la deuxième qu'elle passait dans la maison à louer, Chaïdana s'endormit plus tôt que de coutume. Elle rêva du docteur qu'on déchirait comme une véritable feuille de viande jetée à une meute de chiens, son sang giclait comme une lumière aveuglante aux visages de ceux qui le déchiraient et Martial lui tendait une flamme de noms gigantesques. Quand elle se réveilla, Chaïdana vit des lettres au noir de Martial sur la paume de son autre main : « Il faut partir. » Elle crut pouvoir faire disparaître les écrits dès la première touche, mais elle eut beau se rincer la paume, les écrits résistèrent formellement à ses intentions.

— Je reste. C'est son sang : qu'il me le retire de cette maudite manière. Que je le lui rende intact de cette seule manière.

Elle acheta de la peinture noire pour trois millions, engagea un gérant avec fausse mission de revendre la peinture, en réalité elle organisa une véritable campagne d'écritures. Elle recruta trois mille garçons chargés d'écrire pour la nuit de Noël à toutes les portes de Yourma la célèbre phrase de son père : « Je ne veux pas mourir cette mort. » Le beau bataillon de pistolétographes avait fonctionné à merveille : ils avaient pu écrire la phrase jusqu'au troisième portail des murs du palais excellentiel. Certains d'entre eux, les plus audacieux sans doute, avaient réussi à écrire la phrase sur le corps de quelques responsables militaires tels que le général Yang, le colonel Obaltana, le lieutenant-colonel Fursia et bien d'autres. Amedandio disait avoir écrit la phrase sur mille quatre-vingt-dix uniformes.

Pendant ce Noël où la ville buvait et dansait, les pistolétographes se battaient pour mettre la phrase de Martial partout. Et Amedandio proclamait une obscure

« prochaine fois le feu » en déclarant qu'il écrirait la phrase sur le cul du Guide Providentiel.

— Celui-là, il faut qu'on le traîne nu dans toute la ville, il faut qu'on lui attache un grelot, qu'il sonne sa propre honte. Ce jour-là seulement j'aurai rendu ce sale sang de chien à qui me l'a tendu.

La réaction du Guide Providentiel fut des plus systématiques, on arrêta tous ceux qui pouvaient avoir de la peinture noire chez eux, et le noir fut décrété couleur de Martial, tous les citoyens furent sommés de faire disparaître tout ce qui avait la couleur de Martial à part leurs cheveux et leur peau pour ceux qui l'avaient sombre, les vendeurs de charbon furent sommés d'arrêter leur commerce, les gens en deuil furent déshabillés en pleine rue. La guerre contre le noir de Martial s'étendit à tout le pays en quelques heures. Il y eut un grand carnage dans le quartier de Chaïdana du fait qu'on y avait trouvé de véritables gisements de noir de Martial. C'était d'ailleurs un quartier qui depuis toujours avait eu la mauvaise réputation d'appartenir à la tribu des Kha. Les Kha étaient reconnus peu favorables au Guide Providentiel. L'armée dut faire d'une pierre deux coups : les chars n'eurent aucun mal à marcher sur le pisé humain de Moando ; quelques jours après le passage des chars, Moando était devenu le quartier des mouches et des chiens. Il n'y eut aucun ramassage puisque les chars étaient passés au petit matin et avaient fait une boue inhumaine de tous les habitants.

— Où est-elle ?

45

— Pas cette mort, Excellence ! je vous en prie.

On ne savait même plus ce qui parlait en cette viande saignée. Mais ça parlait. Faiblement. Et le Guide Providentiel piquait les endroits qui parlaient. Le sang est un liquide emmerdant : il salit les carreaux.

— Où est-elle ?

Chaïdana était retournée à l'hôtel *La Vie et Demie*, elle avait prolongé de quatre ans la location de la chambre 38. « Je suis un produit de leur main : je les aurai tous. »

Chaïdana était allée au bureau du ministre de l'Intérieur chargé de la sécurité de Yourma, elle avait demandé et obtenu une audience facile à cause des instructions précises et formelles que Son Excellence avait données à son secrétaire particulier concernant les très belles femmes en dessous de vingt-cinq ans. Chaque très belle femme introduite chez Son Excellence dans ces conditions-là assurait au citoyen secrétaire une belle prime de rendement.

A la vue de Chaïdana, le ministre était allé faire un signe du doigt au secrétaire en pensant à la prime, il avait roulé une salive appétissante dans toute sa bouche avant de l'avaler bruyamment et s'était longuement frotté les mains à la manière du mâle qui ne prend pas ses femelles par quatre chemins.

— Que faisons-nous pour mademoiselle ?

Le ministre appelait toutes les femmes (même sa propre femme) mademoiselle pour éviter les complications. Chaïdana eut un large sourire et Son Excellence se frotta de nouveau les mains avant d'avaler un autre doigt de salive. Il alluma une cigarette pour paraître plus mâle.

— Je vous ai vu à la télé, dit Chaïdana, et votre physique m'a donné ces idées-là.

Son Excellence faillit en tomber. Il n'en croyait pas ses longues oreilles. Il avala une bouffée de fumée qui le fit tousser comme un octogénaire.

— Comment dit mademoiselle ?

Chaïdana répéta la même phrase. Son Excellence n'avait jamais pensé que ses attitudes à la télé, cette mâle véhémence avec laquelle il vantait le Guide Providentiel, ces mots de tous les jours, ces gestes nationaux, cette conviction artificielle, cet écrasement de verbes eussent un quelconque effet sur la mystérieuse terre du sexe d'en face. Il se rappela vaguement sa dernière intervention à Télé-Yourma : c'était après le meeting manqué, peu avant le ramassage. Il avait parlé en termes de guerre. Ce n'était peut-être pas cette fois-là. Il pensa aux autres fois et en devint presque malheureux car, pour la première fois qu'il osait se regarder, il ne vit que cette décevante silhouette d'un homme de haine, un homme au cœur affamé d'intrigues, il vit quelque chose comme une ordure humaine, une forme dont l'intérieur restait méchamment inhumain. Il pensa à toutes les fois, aucune d'elles... A moins que les femmes, avec leurs yeux-là qui ne voient pas ce que voient les yeux de tout le monde, avec leurs oreilles-là qui n'entendent pas ce qu'entendent les oreilles de tout le monde... Puis il pensa

à un piège et faillit en rire tout haut. Il était quand
même le centre de gravité et la machine qui fabriquait
la sécurité du pays. Et cette sécurité, ne la fabriquait-
il pas en commençant par sa propre dose ? Sa marque
personnelle comme il disait souvent.

— J'admire votre courage charnel, mademoiselle.
J'admire aussi votre corps qui me paraît formel.

— Le soir où vous serez en forme, passez me voir.
Hôtel *La Vie et Demie,* chambre 38.

— Entendu. Entre onze heures et minuit.

Monsieur le ministre s'était contraint à huit jours de
privations intimes. Il était sûr qu'avec huit jours d'eau
dans les cuisses il ne ferait pas piètre figure de mâle
devant ce corps dormant dont il ne savait même pas
le nom. Pendant ces huit jours, il avait activé ses reins
en pensant au tumulte que ça ferait, il pensait aussi
à l'amer baiser que Chaïdana lui avait posé sur les
lèvres avant de s'en aller.

— Elle a le corps le plus formel que j'aie jamais
vu. Elle est formellement belle, insinuante, délicieuse.

Chaïdana eut d'autres contacts, notamment avec le
ministre de la Radio nationale, le ministre des Affaires
militaires, le ministre du Peuple, le ministre des Affaires forestières... Elle ne cessait plus de se crier in-
térieurement : « Ce sang pourri, que je le lui rende de
cette manière. » Le soir où devait venir le ministre des
Affaires intérieures, Chaïdana rentrait de sa distribution d'adresses. A l'entrée de sa chambre d'hôtel, elle
reçut une violente gifle de Martial qui semblait l'avoir
attendue pendant des heures. La dernière image que

48

Chaïdana perçut de son père avant de s'évanouir pour toute la soirée fut une fracassante lueur de violence dans les yeux, si bien qu'à son réveil elle pensa que les yeux étaient la parole des morts. « Tu es la dernière tige de notre sang, il faut partir avant l'enfer », avait écrit Martial dans la main droite de Chaïdana qui n'osa même pas essayer d'effacer les lettres : elle les savait maintenant indélébiles. Elle se rappela ce proverbe que son père citait souvent : « Les morts qui n'ont pas de vivants sont malheureux, aussi malheureux que les vivants qui n'ont pas de morts. »

— Elle fait mal, la viande des autres.

A ce moment, monsieur le ministre arriva. Chaïdana le reçut. Ils firent l'amour au champagne. Mais c'était du champagne Chaïdana car, quelques semaines plus tard, monsieur le ministre des Affaires intérieures, chargé de la sécurité, était frappé de paralysie générale et devait mourir trois ans après son dernier acte d'amour au champagne. Au cours de la première année qui avait suivi son coup avec monsieur le ministre des Affaires intérieures chargé de la sécurité de Yourma, Chaïdana avait terminé sa distribution de mort au champagne à la grande majorité des membres les plus influents de la dictature katamalanasienne, si bien qu'à l'époque de la mort du ministre de l'Intérieur, chargé de la sécurité, il y eut des obsèques nationales pour trente-six des cinquante ministres et secrétaires à la République que comptait la Katamalanasie. Chaïdana avait accompagné ses amants au champagne à leur dernière demeure, si bien qu'elle fut très silencieusement

49

introduite dans ces milieux-là. L'opération se tourna vers les chefs militaires et la chambre 38 s'ouvrit aux généraux et colonels. Restait le maréchal Guide Providentiel. Les vingt ans de Chaïdana et sa délicieuse beauté continuaient à attirer les plus passionnantes attentions charnelles. Elle avait maintenant les adresses au lieu d'aller les chercher comme de coutume. Les plus prompts lui avaient formulé des demandes en mariage.

C'est ainsi que Chaïdana avait été Mme Duento-Kansa de Lavampire, Mme Samananta, Mme Moushiesta, Mme Awi-Mourta, Mme Yoani Buenzo, Mme Anamarashi Mousheta, Mme Loupiazana Shio, Mme Augustano Masta, Mme Maria de Cabana...

A l'époque où mourut le général Ariamana Pueblo, des Forces spéciales, un jeune Kha de vingt-quatre ans pour lequel elle avait eu des faiblesses et avec qui elle venait de vivre huit mois de vie semi-conjugale, Chaïdana accepta, pour les remords que lui laissait la mort de son demi-amant, la demande en mariage du colonel Obaltana de Kienzo qui passait pour le fan officiel et aveugle du Guide Providentiel, celui-là même qui s'occupait des cours martiales et des exécutions, celui-là aussi qui avait donné l'ordre de tirer sur une foule de près de trente mille hommes lors de la dernière manifestation anti-exécutions. Trois ans après les obsèques nationales pour trente-six ministres, Chaïdana devint Mme Obaltana. Lors du gala des noces à la villa Monlac, le Guide Providentiel avait été bouleversé par la féroce chair de la mariée, il lui avait soufflé quelques maladresses d'amour au cours de la septième danse consécutive qu'elle lui accordait.

— Oh ! Votre Providence ! avait simplement soufflé Chaïdana en retour, je ne suis pas digne d'être la mère de la Katamalanasie.

Le guide en avait conclu que ses déclarations passaient bien, il les multiplia et alla jusqu'à jurer qu'il l'épouserait dès le lendemain si elle le lui permettait.

« Malheur à celui par qui le scandale descend. » Ce verset, Martial le leur avait des centaines de fois lu et à des centaines d'occasions, et il avait toujours dit « descend » au lieu de « arrive ». Ce soir du gala de noces, la redite avait forcé son cœur puis ses lèvres. Le souvenir de son père la mit dans un tel état de révolte que Chaïdana accepta les propositions du Guide Providentiel pour voir descendre le scandale.

— Dans quelques jours.

— Ça me donne des idées, voyez-vous ? La honte. La peur. Ils parleront, disait Chaïdana joueuse, ils penseront que...

— On ne pense rien du Guide Providentiel : c'est la loi. La première loi.

— Ils ne penseront pas tout haut.

— Ça ne sera plus penser. Tu ne connais pas le proverbe : Qui ne dit mot consent ?

Le Guide Providentiel dansa avec la mariée toute la nuit si bien que les méchantes langues parlèrent de nationalisation.

Pour mettre un peu d'eau dans sa frustration, le colonel fit un élogieux discours au Guide Providentiel qui, malgré les hautes et écrasantes charges de l'État, savait prouver de quel paternel amour il aimait ses très humbles sujets. Il en avait même profité pour ridiculiser la presse d'un certain pays voisin qui se livrait à une honteuse campagne d'inhumanisation du Guide Providentiel.

Le lendemain soir, *la Voix de la République démocratique katamalanasienne* annonçait le mariage prochain du Guide Providentiel — dont la première épouse mourut de crise cardiaque —, avec la plus belle fille de la Katamalanasie, et donna les informations biographiques des deux fiancés. Le curriculum vitae de Mlle Ayele la faisait naître en Katamalanasie maritime d'un riche commerçant en poissons et d'une institutrice, il lui faisait faire ses études de médecine pendant deux ans à Bruxelles, deux ans à Paris, deux ans à Londres et lui donnait un troisième cycle de sciences sociales. Mais les gens avaient tous perdu la coutume de croire. On écoutait la radio pour le bruit que ça faisait. Tout le monde savait par cœur où était né le Guide Providentiel, quand, de qui, comment et pourquoi — mais le commentateur refit les éloges de Samafou Ndolo Petar qui leur avait donné (aux Katamalanasiens, bien sûr) un fils que la providence avait rempli des meilleurs dons du monde. Le village aussi avait été loué d'avoir laissé grandir dans la joie et la simplicité le guide multidimensionnel — la poésie exclamative du poète officiel Zano-Okandeli suivit les commentaires :

Ô Guide éclair
Éclairé
Éclairant
La ténébreuse masse katamalanasienne
Vienne
Sur chaque cœur-pierre
qui bat nos frontières
l'ombre de ton nom et...

Le soir de la nuit du gala excellentiel, le colonel O,
comme l'appelait le petit peuple, se tira une balle de
revolver dans l'œil gauche. La balle ressortit par la
nuque, emportant avec elle dans les vapeurs des champagnes providentiels la tendre existence du colonel pour
des siècles et des siècles. Deux jours avant son mariage
avec le Guide Providentiel, Chaïdana, devenue Mme
Obaltana, obtint de son mari la permission d'aller se
faire féliciter par ses cousines à Yourma-la-Neuve. En
réalité, elle s'était rendue, dans le secret le plus complet, chez le Guide Providentiel qui lui avait confectionné une nouvelle identité, la quatre-vingt-treizième
que Chaïdana portait de sa vie. En entrant dans la
chambre de son nouveau mari, vers les premières heures du matin, Chaïdana rencontra Martial qui la gifla.
Il ne parla pas mais Chaïdana interpréta cette nouvelle
intervention de Martial comme une pure et simple défense de coucher avec Obramoussando. Chaïdana sentit
la révolte secouer toutes les parties de sa chair.

— J'en ai marre. Marre de trimbaler la viande des
autres.

Au troisième chant du coq, le Guide Providentiel
déclara que les huit jours de noces qui allaient se lever
seraient chômés et payés sur toute l'étendue de son
pays. Le chef du syndicat des expatriés grommela longuement, mais le Guide Providentiel lui fit savoir qu'il
y avait bien des grèves de huit jours dans son pays
d'origine et que, par conséquent, l'interdiction de la
grève compensait bien les choses. Le guide demanda
qu'en aucun cas on ne le dérangeât pendant les huit
jours de lune de miel. Il fit mettre tous les serviteurs
du palais dans les vérandas et demanda qu'on fermât
les portes et fenêtres, qu'on ne fît entrer personne,
comme pendant la quinzaine annuelle de méditation
prolongée, à cette différence près que cette fois, il y
aurait des chants et des danses autour du palais excellentiel.

— Même si le monde est mort au-dehors, ne me
dérangez pas.

Puis il eut un bref huis clos avec Greenman, le colonel américain chargé de sa sécurité personnelle.

Pendant trois bonnes minutes, le colonel Greenman
écouta, balançant continuellement des oui de la tête,
avant de lâcher le « compris » final suivi de « your
Majesty ». La fête continua dans les vérandas pendant
six jours puis les gens se dispersèrent. Dans sa chambre, le Guide Providentiel eut une écœurante surprise.
Il avait laissé tous ses habits devant la porte verte, il
voulait impressionner son épouse par son corps broussailleux comme celui d'un vieux gorille et par son
énorme machine de procréation taillée à la manière de

celle des gens de son clan et boutonnant sous de vastes cicatrices artistiquement disposées en grappes géométriques. Il bandait tropicalement, mais sur le lit où il s'était tropicalement jeté, ses yeux encore embués de vapeur de champagne providentiel, ses premières caresses rencontrèrent non le corps formel de sa femme, mais simplement le haut du corps de Martial saignant noir et frais sur son linge de noces. Il en devint malheureux et retomba dans son vieil air de supplication :

— Tu devais déjà mourir, Martial. Tu devais déjà trouver une mort qui te suffise.

Martial ne répondit pas, probablement rendu muet par le coup de couteau à la gorge. Quand le haut du corps se retira, le Guide Providentiel vit sa femme étendue au pied du lit, nue comme un ver de terre, belle comme un songe de pierre, formellement charnelle, mais il n'en eut aucune envie. Chaïdana se réveilla le lendemain avec aux lèvres le bout de la phrase qu'elle avait adressée à son père au moment de la troisième gifle que celui-ci lui administrait : « ... que je te la rende de cette maudite manière. » L'autre bout avait été dit avant la gifle : « C'est bien ta viande... » Elle se leva et vint s'étendre sur le lit excellentiel dont les draps salis au noir de Martial n'avaient pas été changés. Le Guide Providentiel était fou de ce corps mais ses « tropicalités » ne répondaient pas à l'appel de leur maître. Il alla prendre une nouvelle gamme de remontants — dernier recours qu'un Pygmée lui avait révélé des années auparavant.

C'étaient sept feuilles et douze radicelles infusées

dans de la bière de haricots. Les tropicalités de Son Excellence répondirent vigoureusement, comme si, d'un moment à l'autre, elles allaient quitter leur patrie. Chaïdana attendait, mais dès que le Guide Providentiel la touchait, le haut du corps de Martial remplissait les yeux du guide, qu'il les ouvrît ou qu'il les fermât, il en devenait impuissant sur le coup. Cette situation devait durer deux ans pleins. Chaïdana était convaincue que le Guide Providentiel n'était qu'un pauvre guignol d'impuissant qui se limitait à pratiquer l'amour avec l'index et le majeur. Elle renonça donc à son projet de progéniture et pensa à reprendre son vieux numéro d'amour au champagne, surtout que les moments à l'index et au majeur du guide dégénéraient en inhumaines brutalités.

— Je ne peux plus me passer de toi, de ton odeur amère. Ça me suffit, l'orgasme digital.

— Ça me suffit aussi que tu m'éparpilles, que tu me barbotes, que je gémisse, que je vibre sous ton poids.

Chaïdana mentait. Elle avait espéré un enfant, un fils de monstres avant de... Comme elle était maintenant sûre que ça ne viendrait pas, elle prenait un autre chemin. Mais comme le guide était capable de tout, elle calculait les risques et y allait doucement, elle cherchait lentement. Les choses s'étaient certes compliquées avec cette diffusion que les media avaient faite de son portrait. Elle avait sauvé l'essentiel en ne leur laissant que son profil. Mais fallait vraiment y aller doucement, surtout à ce moment où le lieutenant-colonel Dikrabané

Faustino, chargé de la sécurité, n'avait rien d'un ri-
golo. Au bout de la deuxième année de mariage, une
urgence morale se fit : le petit peuple et les Gens de
Martial commençaient à officialiser l'impuissance
sexuelle du Guide Providentiel. On mentionnait cette
infirmité même dans les tracts qu'on ne cessait plus de
jeter à Yourma. Le guide en devenait plus brutal et
parlait, si les choses continuaient, de se tirer une rafale
dans l'aine. « Ça serait trop beau, pensait Chaïdana.
Je t'ai choisi une certaine mort. Les rafales, c'est pas
pour les ordures. »

Ce fut à cette époque que Chaïdana demanda au
Guide Providentiel l'autorisation d'aller visiter ses parents en Katamalanasie maritime.

— Ton odeur ! Je n'arrive plus à me passer de ton
odeur amère. Mes narines y sont accoutumées.

— Rien que trois jours.

— Que veux-tu que je fasse ? Tu es devenue l'autre
moi-même.

Il enfonça la tête dans ses cuisses comme pour prendre une bonne dose de cette odeur vitale.

— C'est un miracle : moi qui n'ai jamais aimé une
femme ! Un vrai miracle.

Elle souriait aimablement au Guide Providentiel.
« Un souverain nu, pensait Chaïdana, c'est le sommet
de la laideur. » Elle pensait aussi à ce qu'un homme
peut devenir moche sous le poids, la secousse et l'odeur
d'une femme.

— Mets-moi une petite croix à la racine des cuisses

pour que tu ne me perdes pas. Il y a tellement de têtes
à couper dans ce pays que la mienne peut-être...

— Taisez-vous, madame, dit le Guide Providentiel
en traçant la croix.

Il se jeta dans le feu caillouteux de ses côtes avec
la férocité d'un tigre qui joue sur sa femelle. Le monde
tournait dans ses yeux et dans sa tête, soudain, le
monde entier devint liquide, les choses perdaient leurs
formes.

— Ton odeur, ton odeur, grogna le guide en se vau-
trant dans le corps insoumis de Chaïdana.

Ses tropicalités faillirent répondre mais à ce moment,
le haut du corps de Martial remplit les yeux du guide
qui tira huit chargeurs avant de retomber dans l'éternel
air de supplication.

— Enfin, Martial ! sois raisonnable. Tu m'as assez
torturé comme ça. Tu deviens plus infernal que moi.

Mais Martial se contentait de sourciller. Alors le
guide tomba dans une colère folle : il tira quatre-vingt-
trois chargeurs, aux différents endroits où il croyait
entrevoir Martial. Il tira pendant cinq heures, tuant
même les soldats fidèles qui voulaient accourir à son
aide. Le soir, à l'heure du dîner, il eut faim et sa
colère tomba, il revint à la supplication :

— Cesse d'être tropical, Martial. J'ai gagné ma
guerre, reconnais-moi ce droit-là. Et si tu veux continuer la bagarre, attends que je vienne. On se battra
à armes égales. C'est lâche qu'un ancien vivant s'en
prenne à des vivants.

Mais Martial ne parlait pas. Le Guide Providentiel

avait fini par croire que sa blessure à la gorge l'avait
bel et bien rendu muet.

— D'ailleurs, il ne faut même pas s'en faire, avait
conclu le guide : s'il ne peut pas parler c'est qu'il ne
peut pas agir autrement que par sa présence.

Le soir où Chaïdana vit au coin du lit providentiel
la loque-mère et Ystéria saignant toujours des blessures
du Guide Providentiel, les larmes continuaient à couler,
silencieuses, de leurs yeux rougis, exactement comme
cette nuit du 16 novembre où le lieutenant avait mal
mâché son « voici l'homme » et les avait poussés devant le Guide Providentiel, comme si le temps n'avait
pas bougé d'une seconde ; et pourtant, c'était neuf ans
en arrière.

— Impossible qu'ils pleurent encore, dit Chaïdana
quand les deux mirages eurent disparu.

Puis, à un autre coin du lit, apparurent Nelanda,
Nala et Assam. Ils pleuraient aussi, les larmes d'il y
avait neuf ans, ils répétaient les gestes d'il y avait neuf
ans. Le guide était couché sur le ventre de Chaïdana,
prenant ses doses d'odeurs et jouant sa petite machi-
nation de majeur et d'index. Il pensait à Obramoussando Mbi, comment il avait quitté cette identité pour
celle de Loanga ; Loanga devint Yambo. Il pensait
comment Yambo devint le premier secrétaire du Parti
pour l'égalité et la paix ou PPEP, comment le PPEP
devint le PPUD (Parti pour l'unité et la démocratie)
puis le PPUDT (Parti pour l'unité, la démocratie et
le travail) et lui, son président fondateur donc, suivant
le fin piège constitutionnel, président à vie de la ré-

publique communautariste de Katamalanasie. Yambo
devint alors le Guide Providentiel Marc-François Matéla-Péné, ce nom-phrase que les journalistes disaient,
selon les cas, cuit ou cru — un cuit ou un cru qui
obligeaient les gens du peuple à arrêter leurs postes de
radio aux moments des émissions politiques, qui les
obligeaient à traduire le PPUDT par sa réelle signifi-
cation, c'est-à-dire le Parti payondi[1] pour l'unité des
dettes et des tueries. Depuis, Marc-François Matéla-
Péné ne mangeait plus que la viande et ne buvait plus
que le champagne providentiels et les lotions remon-
tantes. Il était devenu un homme foncièrement tropical.
Avec les emmerdements de Martial, l'homme avait
perdu sa passion pour le tir au PM et la chasse aux
léopards.

Chaïdana obtint ses trois jours de permission en
Katamalanasie maritime. Elle avait refusé toute escorte
et partit à l'insu des media et des officiels. En réalité,
elle repartit à l'hôtel *La Vie et Demie*. Elle se jeta sur
le lit et pensa au docteur Tchitchialia, puis au colonel
O qui s'était tiré une balle de revolver dans l'œil gauche. Le lendemain matin, elle se rendit chez le colonel
Kabindaco Prudentia, le chef des Forces spéciales, qui
devait mourir de paralysie générale deux ans après la
visite, sans obsèques nationales. Les deux dernières années de sa vie, le colonel les passa dans la misère la
plus totale, à quelque trois kilomètres seulement de ce

1. Payondi : tribu du guide.

cimetière de fête qu'était devenue Yourma, la ville du guide.

Le Guide Providentiel attendit sa femme pendant trois jours de plus. Puis son impatience s'était changée en lourde folie : on avait cherché, on avait encore cherché, on avait mis le pays sens dessus dessous, et comme les cartes d'identité n'inspiraient pas tout à fait confiance, le Guide Providentiel forma le Corps autonome des intimes, trois mille bérets, formés par des officiers d'une puissance étrangère. La formation avait duré six mois. Deux mille trois soldats seulement avaient pu résister à la dureté de la formation. Le Guide Providentiel entretint les sortants pendant deux heures et leur expliqua leur mission, leur faisant comprendre le danger qu'une espionne qu'ils reconnaîtraient à une croix tracée à la racine de la cuisse droite, faisait courir à la République et au PPUDT. Ce fut à cette époque qu'on créa, devant les marchés, magasins et places publiques, des isoloirs où les femmes montraient la racine de leur cuisse. Le petit peuple donna aux soldats du Corps autonome des intimes le nom de garde-culs.

En deux ans, Chaïdana avait servi du champagne à trente hauts personnages de la tragédie katamalanasienne. On commençait à parler d'une épidémie, mais puisque l'épidémie, si épidémie il y avait, ne frappait que les membres de la dictature katamalanasienne, on conclut, à l'étranger, que cela ne pouvait être qu'une de ces méthodes tropicales par lesquelles le Guide Providentiel avait remplacé les élections souvent trop coû-

teuses en république communautariste de Katamalanasie, méthodes moins tempérées, mais finalement plus
rapides pour changer les membres de son gouvernement. Il va sans dire que Chaïdana avait les joues
défoncées par les gifles répétées de son père. Un soir
elle avait pris une dose impardonnable de *vouokani*,
le produit qu'elle mettait dans les champagnes, Chaïdana s'était étendue sur le lit et attendait que la vie
cessât. Elle attendit quatre jours, mais la porte de la
mort ne s'ouvrait pas. Au quatrième jour, son père
vint et lui donna une rafale de gifles, il resta assis à
son chevet jusqu'au matin. Elle avait une violente fiè-
vre qui la faisait grelotter de toute sa chair. A huit
heures, Martial alla lui chercher un café, à midi elle
but le café mais ne mangea pas le déjeuner. Le soir
avant de la quitter, il lui prépara une tisane aux citrons
et à la citronnelle. Il alluma une douzaine de bougies,
les disposa au fond d'un seau, la fit se pencher sur les
vapeurs de la tisane et la chaleur des bougies, la re-
couvrit de couvertures et la laissa transpirer abondam-
ment. Le lendemain, quand Martial revint, il trouva
une crue de vomissures puantes et noires sur le lit et
au sol. Elle dormait encore. Martial la réveilla, la lava
comme quand elle avait trois ans, lui fit boire son
café. Il recommença le traitement par la vapeur mais
cette fois, les bougies avaient été remplacées par une
préparation de plusieurs sortes de plantes bouillies ensemble dans un mélange d'eau, de jus de citron et de
vin rouge. Elle avait encore vomi du noir. Mais *La
Vie et Demie* était un hôtel d'expatriés et M. de Bi-

lancourt, le patron, n'aurait jamais toléré une quelconque fouille. D'ailleurs Son Excellence savait laisser la paix à ceux qui lui prêtaient la main quand elle n'arrivait plus à payer les agents de son État. Malgré le bannissement du noir en Katamalanasie, le drapeau noir et jaune de l'hôtel continuait à flotter devant l'immeuble, ainsi que les grandes lettres de l'enseigne or sur fond noir où une femme de marbre donnait la main gauche à un homme de cuivre. La couleur de Martial continuait à vivre ici et, par défi ou par goût d'indépendance, M. de Bilancourt avait fait peindre les murs du restaurant-bar du rez-de-chaussée en noir et jaune. Plus tard, quand le bleu était devenu la couleur de Martial, les voisins de M. de Bilancourt firent peindre leurs hôtels en bleu, et quand les tenues bleues furent interdites, ils ordonnèrent le bleu à leur personnel. Ce fut d'ailleurs à cette époque que l'aéroport privé de Zouanhahatan fut peint en bleu et blanc.

A l'heure du déjeuner, Chaïdana mangea comme quatre. Elle passa cinq autres jours au lit et Martial lui rendait régulièrement visite, il lui préparait ses repas, la faisait manger comme une enfant, l'endormait, la réveillait, mais il ne parlait pas.

Au petit matin et vers la tombée de la nuit, revenait le cercle de pleureurs formé par la loque-mère, Nelanda, Agostino, Nala, Assam et Ystéria. Jules ne venait pas. Zarta non plus.

— Il faut qu'ils soient morts une autre mort. Une plus forte ou une plus faible, se disait Chaïdana en pensant à Jules et à Zarta.

Quand Chaïdana fut complètement guérie, Martial cessa de lui rendre visite, mais le petit cercle de pleureurs continua à venir.

— Chacun est dans sa mort, pensait Chaïdana, le docteur Tchi, Zarta, Jules. C'est peut-être moins moche, leur mort.

Elle resta six mois sans sortir de l'hôtel. Sa liaison avec le Guide Providentiel lui avait mis tant d'argent dans les mains qu'elle aurait pu vivre cinquante vies sans s'appauvrir. A vrai dire, si son père avait eu un tel argent pour sa guerre, il aurait fait face au déluge de ferraille dont la puissance étrangère qui fournissait les guides inondait de façon irresponsable l'armée du Guide Providentiel, il aurait, grâce à la détermination farouche de ses combattants, remporté cette guerre pourrie face à une armée de quatre-vingt-douze mille cousins hâtivement injectés dans le métier des armes pour protéger le pouvoir du Guide Providentiel contre les aspirations de cinquante-deux millions de Katamalanasiens. Au paravent idéologique que le guide avait enfourché pour se donner des amis extérieurs et qui s'appelait le « communautarisme tropical », Martial avait opposé une seule phrase : « Qu'on me prouve que la dictature est communautaire. » Et les Gens de Martial dans leurs tracts paraphrasaient Martial en disant : « Qu'on nous prouve que l'inhumanité est communautaire. »

Chaïdana se rappela le télégramme que son père, qui signait alors Marbiana Abéndoti, avait envoyé au président de la puissance étrangère à l'occasion de la fête nationale de son peuple : « Nous devrions être au siècle de la responsabilité. Stop et fin. »

— Le siècle de la responsabilité, répéta Chaïdana. C'est juste.

Elle s'habilla, sortit et rendit visite au commandant d'armes de la ville de Yourma. Deux jours plus tard, le commandant d'armes vint prendre sa dose de champagne Chaïdana à l'hôtel *La Vie et Demie* où Chaïdana avait prolongé son contrat de quinze ans. Après lui, vint le tour du ministre des Mines, puis celui du ministre de l'Éducation militaire, puis celui du ministre de l'Information, puis celui du ministre chargé du Plan, puis celui du ministre des Affaires présidentielles, puis celui de tous les autres ministres du gouvernement à l'exception de celui des Finances qui, pris par les problèmes des salaires, avait décliné l'invitation de Chaïdana qui, à son tour, avait rejeté sa proposition de faire la chose qu'on fait avec les femmes dans l'arrière-bureau où les structures d'accueil étaient parfaitement adaptées. On faisait la chose-là, qui déjà fait partie des occupations et des récréations de Leurs Excellences, puis le travail reprenait son train. Vint ensuite le tour de bien d'autres gouvernementaux et responsables militaires. Il fut établi dans toutes les presses du monde et dans l'opinion que le Guide Providentiel avait une satanique façon de remanier ses gouvernements.

L'ONU envoya secrètement des enquêteurs qui revinrent bredouilles, car l'autopsie des sujets morts de paralysie générale habituellement longtemps après la déclaration du mal, établit que ces sujets mouraient de mort naturelle. On attribua le mal à un champignon microscopique, ce qui entraîna la fermeture des Quatre Saisons ainsi que celle de trois autres magasins gouvernementaux de Yourma. On ouvrit le Manguistra et ses trois succursales, dont la propreté des produits était attestée par des ordinateurs placés aux entrées. A la barrière des prix des feues Quatre Saisons, on avait ajouté un texte-loi barrant, et cette inscription aux entrées : « Ce magasin n'est ouvert qu'aux membres du gouvernement, aux élus du peuple, et aux hauts cadres de l'armée et de la police suivant l'ordonnance-loi n° 183077/MJITGP du 24 août 19.. »

L'année était souvent biffée par les gens de Martial qui ne voulaient pas que l'année de la mort du prophète Mouzediba correspondît à une aussi sale entreprise.

Le 2 janvier, après les obsèques collectives, Chaïdana s'en retourna à l'hôtel. Elle avait reçu, comme toute la gent trotte-rue de Yourma, sa carte de présence aux obsèques que les miliciens commençaient à demander à tous les coins des rues. Elle trouva son père à l'entrée de sa chambre. L'homme avait pris un grand coup de vieux, mais la gifle qu'elle en reçut démentait cette chute de parenthèses autour de sa bouche qui ne parlait plus depuis quinze ans. Le vieux sortait de chez Chaïdana où il avait écrit sur tous les objets, sur tout le sol, sur tous les murs, sur le plafond et sur tout ce qui pouvait exister sa phrase : « Il faut partir avant cette date. » 14,173 fois

66

Elle lut la phrase autant de fois qu'elle était écrite soit quatorze mille huit cent soixante-treize fois, comme s'il s'était agi de quatorze mille huit cent soixante-treize phrases différentes. Après ces neuf heures de lecture, Chaïdana essaya de faire disparaître les écrits, mais très vite elle s'aperçut que passerait-elle le reste de ses jours à cette besogne, elle n'aurait pas provoqué la moindre égratignure aux lettres. Les écrits étaient, comme ceux de ses mains qui n'avaient plus quitté les gants, parfaitement indélébiles.

— J'attendrai que le ciel me tombe dessus, alors je m'en irai.

Le soir du mariage de Chaïdana avec Graciana Orlendo — l'ancien monseigneur catholique devenu le chef suprême des Cadres noirs du Guide Providentiel qui était devenu, lui, Sa Majesté Cézama 1er, le guide avait été bouleversé par la beauté de cette mariée aux traits en tous points voisins de ceux de son épouse disparue. Trois jours seulement après son mariage, le guide envoya Graciana Orlendo en mission prolongée dans le pays qui fournissait les guides. Chaïdana, Mme Graciana Orlendo, obtint de son côté la même permission qu'elle avait eue du colonel O des années auparavant et s'en retourna à l'hôtel après avoir laissé son adresse au Guide Providentiel. Quand le Guide Providentiel entra, ce soir-là dans sa chambre, il ne vit pas la forêt d'inscriptions au noir de Martial qui pavoisaient la pièce. Le guide avait la berlue en contemplant ce corps formel qui tournait et se retournait sur le lit.

Chaïdana était nue, avec deux coupes de champagne, l'une posée sur le sein droit, l'autre sur le sexe. Elle garda les yeux fermés. Le Guide Providentiel alla aux toilettes pour une dernière vérification de ses armes. Il s'y déshabilla — pour cette femme qui ressemblait curieusement à sa belle disparue, il entendait faire des longs spéciaux entrecoupés de moussants comme il en faisait dans sa jeunesse. Il ne réussirait plus les salivants à cause de ce désordre que son impuissance temporaire avait laissé dans ses reins. Il ne réussirait plus jamais ses chers pétaradants, ni ses cataractes, ni ses bouchons. Il avait pris un rude coup de vieux par le bas, mais c'était encore un mâle digne, parfois même un mâle à performances, qui réussissait des ondulants et autres. Il opéra son badigeon intime d'un liquide à base de sève de rue, mit sa poudre verte et ses extraits de tabac de léopard, but quatorze gouttes d'un flacon qu'il gardait toujours sur lui en pareilles circonstances et n'avait pas oublié les deux gouttes dans les narines pour bien amplifier le mouvement respiratoire. Il se présenta à poil devant le lit où Chaïdana sommeillait sous le jour des veilleuses, vêtue de ses deux doses de champagne. Le guide était persuadé que la séance serait une performance en compensation de toutes ces nuits blanches où il n'avait pu donner à sa pauvre épouse que les plaisirs de son jeu d'index sur le pouce. A cause de ses longs préparatifs érotiques, le guide se passa de champagne. Mais au moment où ses yeux reconnurent la petite croix par lui tracée à la racine de la cuisse droite, il vit la chambre pleine de hauts de

corps de Martial avec les yeux pointés sur lui comme
des canons de PM prêts à cracher leur feu sur lui. Le
guide quitta la chambre tout nu, criant le nom de
Martial sur tout son chemin ainsi que celui de son PM
personnel. Il criait non de peur, mais de courroux et
de presque folie. Il promettait d'ailleurs de revenir avec
son PM et son sabre aux reflets d'or. Martial entra
dans une telle colère qu'il battit sa fille comme une
bête et coucha avec elle, sans doute pour lui donner
une gifle intérieure. A la fin de l'acte, Martial battit
de nouveau sa fille qu'il laissa pour morte. Il cracha
sur elle avant de partir et tous les écrits disparurent de
la chambre, restaient ceux que Chaïdana avait sur ses
paumes. Elle revint à elle deux jours et deux nuits
après la gifle intérieure, elle avait le sexe et le ventre
amers, le cœur lourd, sa chair avait franchi une autre
étape sur les vides humains. La gifle intérieure eut son
premier effet le matin du troisième jour : Chaïdana
pleura amèrement pour la première fois depuis ce soir
où le lieutenant les avait fait battre comme du linge
avant de les pousser devant le Guide Providentiel. Elle
ramassa le sac d'identités où elle gardait celle de
Chanka Chaïdana, mit sa robe « spéciale visite aux
personnalités de marque », son chapeau de paille qui
lui ajoutait une certaine légèreté et quitta l'hôtel avec
dans les reins l'amère odeur de son père. Elle crachait
de temps à autre.

— Tu as gagné la première manche, beuglait-elle.
Voyons si tu gagneras la deuxième.

Elle marchait, allant toujours devant elle. Elle

s'arrêta devant un pont de chemin de fer et voulut se tuer, mais la décision ne venait pas. Elle attendit deux ou trois heures, connut ces minutes où l'être humain se regarde férocement dans le miroir de sa laideur, ce moment de la mort du comment et du pourquoi. Ce moment où l'existence prend des allures de lumineuse tache de folie au cœur de la matière, ce moment où l'espoir devient la seule raison et la seule connaissance de l'homme.

— Pas de cette façon-là, dit-elle.

A 11h 48, l'hôtel *La Vie et Demie* fut soufflé à la dynamite, corps, clients, patrons, personnel et biens. Comme douze Français, sept Américains, et deux Allemands avaient officiellement péri avec l'hôtel, pour tempérer l'opinion internationale, le Guide Providentiel prit la peine d'offrir un mensonge radiodiffusé et télévisé suivant lequel « un contingent de mercenaires avait tenté d'obtenir la disparition physique du guide dans une tentative suicidaire qui s'était terminée par le drame de l'hôtel *La Vie et Demie*, que pour sauver les populations environnantes des audaces sanguinaires des mercenaires, l'Armée pour la démocratie et la sécurité populaire (APDSP) avait été amenée à détruire les sept cent soixante-douze clients, cuisiniers, servants, servantes et expatriés (le chiffre était officiel, donc *a priori* menteur) qui occupaient l'hôtel. Ils étaient tombés au champ d'honneur des combattants de la paix et étaient tous faits héros nationaux de la République, ils bénéficiaient de quinze jours de deuil national et de la médaille d'honneur que leurs parents pourraient pas-

ser retirer au siège central de l'APDSP ». Le Guide
Providentiel avait ajouté des condoléances télévisées
aux familles des disparus avant de condamner avec la
plus tropicale énergie le mercenariat sous toutes ses
formes. Le gardien de l'hôtel, qui diffusait un bruit
contradictoire et qui affirmait avoir vu le Guide Providentiel à l'hôtel deux jours avant le drame en tenue
de Martial (on disait tenue de Martial au lieu de tenue
d'Adam par allusion aux Gens de Martial qu'on pendait ou qu'on fusillait comme ils étaient venus au
monde) fut fusillé après cour martiale pour complicité
avec l'ennemi et haute trahison. Son cadavre était exposé à la mairie de Yourma. Le gardien était le père
d'Amedandio, le pistolétographe qui avait juré d'écrire
la phrase de Martial sur le cul du Guide Providentiel.
A cette époque commencèrent les pourparlers sur les
droits à pension des victimes, pourparlers que Son Excellence le Guide Providentiel gela pendant cinq ans,
époque où les présumés bénéficiaires avaient tellement
dépensé en pourboires qu'ils décidèrent unanimement
d'y renoncer.

Après le pont du chemin de fer, Chaïdana s'était
dirigée vers le fleuve, avec la ferme résolution de gagner sa deuxième manche contre le sang-cataracte de
son ignoble père. Toute la journée du drame de l'hôtel
La Vie et Demie, elle l'avait passée à regarder l'eau
kaki qui venait et s'en allait. Mais la décision hésitait
toujours. De temps à autre passait un groupe de miliciens qui lui demandaient ses papiers. Il n'insistaient

71

d'ailleurs que dans le but de cueillir un « choquer[1] » sur cette beauté formelle retapée par le fleuve, qui y mettait des allures de sirène et les odeurs de l'autre rive. Ses yeux donnaient à rêver, comme si cet insolent corps de trente-quatre ans habitait les tempêtes et les vrombissements charnels les plus rares du monde des vivants. Elle écoutait l'odeur de son père dans ses entrailles : c'était une odeur innommable, immonde, forte, qui se mettait entre elle et la décision.

— Si les morts sont plus forts que nous, pensait-elle, s'ils sont plus forts que nous, mon père doit être devenu un lâche. Un lâche, donc rien du tout. Car, à part le courage, il n'avait jamais rien eu.

Le soir, comme elle n'avait pas bougé de là, un groupe de quinze miliciens était venu se soulager sur elle. Elle en tomba évanouie. Au premier chant du coq un autre groupe de miliciens arriva qui la laissa pour morte, et au petit matin vint une dernière équipe plus fougueuse parce que le temps pressait. Elle resta inanimée pendant trois nuits et pendant trois nuits elle encaissa treize cascades de miliciens, soit un équivalent en hommes de trois cent soixante-trois. Elle avait le bas mort. A vrai dire, elle en serait morte si ses réceptions au champagne ne lui avaient donné une infernale endurance. Le matin de son réveil, elle trouva un petit ruisseau de lait qui prenait sa source dans ses jambes et allait se jeter dans le fleuve kaki. Elle ne put se lever pendant deux semaines et, de la cabane

---

1. On appelle « choquer » toutes les techniques de provocation sexuelle féminine — les mâles fabriquent des « bouger ».

où Amedandio l'avait amenée, elle pouvait percevoir dans la nuit les pas et les murmures des multiples hordes de miliciens qui voulaient recommencer des nuits que la providence avait jetées sur leur ingrate carrière de coureurs de rues.

— La vie est morte, l'homme est devenu pire qu'un animal, répétait Amedandio, ces chiens ! ces sales chiens ! ils auraient couché avec ton cadavre, pourvu que leur eau sorte.

— Ils ont besoin d'amour.

— Laissez-moi l'amour en paix. Il n'y a plus d'amour nulle part dans ce pays. Il n'y en a même plus nulle part au monde. Il n'y a plus que de l'eau à sortir des sangs. Figurez-vous qu'ils auraient pu vous tuer de leur amour-là.

La cruauté est-elle communautaire, les gens de Martial continuaient à lancer les tracts.

Les pêcheurs auront toujours, dans tous les pays du monde, la réputation d'avoir plus d'humanité que le reste des hommes. Amedandio qui se savait surveillé par la police du guide à cause de la tentative qu'il avait amorcée d'enlever le corps de son père exposé à la mairie de Yourma, conduisit Chaïdana chez un de ses amis pêcheurs, Layisho.

— La fille de Martial.

— Y a tellement de filles de Martial dans ce pays que j'ai cessé d'y croire. Je pensais que Cypriano Ramoussa les avait toutes tuées.

— J'ai travaillé avec elle, dans le coup des écritures.

Durant les dix-huit mois et seize jours que dura son état de maternité, Chaïdana resta avec Layisho, le vieux pêcheur, qui devint par la suite son « père d'identité » parce qu'elle devait cesser de s'appeler Chanka Chaïdana à cause de la lumière que la sécurité spéciale du guide confiée à un Britannique avait faite sur l'affaire des paralysies générales et de la fille aux champagnes, avec un seul point obscur : *La Vie et*

Demie. La peur de mettre la puce à l'oreille aux puissances étrangères touchées de près ou de loin par le numéro des mercenaires avait amené le Guide Providentiel à suspendre toute enquête autour de *La Vie et Demie* et à donner des instructions claires et formelles quant à ce qui pouvait se passer dans l'hôtel quinze jours avant la venue des mercenaires, venue qu'il avait fixée à vingt jours avant la destruction de l'immeuble. Toutes les pistes pouvant conduire à cette diabolique fille aux champagnes et ses quatre-vingt-douze identités venaient mourir au quinzième étage de l'hôtel. Quand le Guide Providentiel, alias Cézama 1er, se rappela que la fille de Martial portait toujours deux gants de soie, à travers tout le pays, en plus de la racine des cuisses, les femmes durent montrer les mains après le contenu du sac d'identités. Personne ne sut plus ce qu'on cherchait sur les mains et sur les cuisses, mais la pratique resta en vigueur pendant les vingt-cinq ans que devait encore durer le règne du Guide Providentiel. Elle subsista en certains lieux jusqu'au régime du colonel Mouhahantso qui dura vingt-cinq ans. Chaïdana n'eut pas le temps de montrer ses mains ni la racine de ses cuisses puisque le docteur de la clinique américaine où le vieux Layisho l'avait conduite presque morte l'avait rendue paralytique en retirant des triplés de son ventre. Elle ne devait donc plus sortir de la petite chambre aménagée à son intention dans la cabane de Layisho que pour aller au cimetière de Yourma-la-Neuve. On avait donné aux triplés le nom de Layisho, à la fille le prénom de Chaïdana et aux garçons celui de Martial

et celui d'Amedandio. Amedandio Layisho mourut
quelques mois après la naissance. Chaïdana insista
pour qu'on écrivît sur la tombe du petit l'inscription
qu'elle-même avait choisie qu'on mît sur son propre
tombeau (si par hasard elle devait mourir avec la
chance d'avoir un tombeau) : « J'ai été une sale parenthèse. » Le vieux fit graver la phrase sur un quartier
de stuc qu'il posa sur le tombeau, du côté de la tête.
Il avait eu envie d'ajouter quelque chose de lui parce
qu'il avait beaucoup aimé l'enfant, mais la place manquait, non sur le stuc mais dans ce plein de sens que
Chaïdana avait fait. Après la mort du petit Amedandio, Chaïdana commença à penser à son père qu'elle
ne voyait plus. « Peut-être était-il mort de sa vraie
mort par la naissance des petits. »

C'était à cette époque qu'elle écrivit son premier
Recueil de sottises au crayon de Beauté. Amedandio
qui lui rendait souvent visite, surprit ses manuscrits et
les aima beaucoup. A l'époque où Chaïdana rédigea
les *Mémoires d'un démon* et les *Bouts de chair en
bouts de mots,* Amedandio venait toujours et passait
son temps à « sourissonner » sur les textes de son
amie. Elle composa des chansons, des cris, des histoires, des dates, des nombres, un véritable univers où le
centre de gravité était la solitude de l'être. Le vieux
Layisho les lisait à l'insu de Chaïdana qui ne le permettait qu'à Amedandio. Il avait tellement aimé
l'espèce de poème intitulé « Bouts de viande, troncs de
sang » qu'il l'avait recopié et proposé à l'éditeur nord-
américain Jim Panama qui s'était empressé de lui en

demander au moins une dizaine de cette dimension-là pour faire un recueil.

— Si vous croyez que ça se fabrique comme des petits pains !

— Que voulez-vous que je fasse d'un seul poème ?

— Il a la profondeur d'un cœur.

— Le fric, cher ami, ignore la profondeur des cœurs. Il ne connaît que la profondeur des chiffres.

Layisho n'avait pas écouté la suite de cet inutile discours. Il était revenu à la cabane et avait joué avec Martial le Petit et Chaïdana la Fille qui entraient déjà dans le jardin fleuri de leurs dix ans. Martial avait le visage tropical, les yeux Rimbaud, mais ses oreilles excédentaires faisaient penser à un gorille. Chaïdana était sa mère. Sa grande beauté commençait à faire parler de Layisho et de Chanka Seylata. Chanka Seylata était la deux cent quatrième identité de Chaïdana, celle qui allait l'emmener au tombeau.

Amedandio s'employait à distribuer les écrits de Chaïdana parmi les Gens de Martial. Ainsi naquit la « littérature de Martial » qu'on appelait aussi littérature de passe ou évangile de Martial. Les manuscrits circulaient clandestinement de main en main.

C'était un soir de septembre. Chaïdana devait rêver de la gifle intérieure de son père ou de la cascade des miliciens. Elle devait rêver au champagne Chaïdana et à toutes les doses qu'elle avait distribuées. Elle avait penché la tête sur ses recueils comme si elle voulait y ajouter quelque chose de neuf, comme si elle continuait à chercher. Mais la vie était sortie en paix. Elle était sortie, personne ne pouvait dire quand. C'était à l'époque où Amedandio ne venait plus.

Layisho, qui l'aidait souvent à passer du lit à son fauteuil roulant, l'avait trouvée aussi froide qu'un poisson qu'on sort d'un réfrigérateur, les mains raidies, les lèvres et les yeux encore en vie. Elle avait gardé son air absent au fond de sa formelle présence. La joue qui recevait les gifles de Martial avait noirci, comme si on l'avait peinte à plusieurs couches d'encre de Chine, montrant une grosse main dont on lisait nettement les cinq doigts.

— Je savais qu'elle était marquée, dit Layisho.

On ne mit aucun nom sur la pierre tombale. Juste deux dates, et la phrase : « J'ai été une sale parenthèse. » On aime tant ajouter ou retrancher quelque chose aux morts. Layisho avait retranché à la beauté de la pensée de Chaïdana en ajoutant un autre vers du *Recueil de sottises* sur le tombeau : « Moi, maintenant que tous les crus sont cuits ? »

Un an après l'enterrement de Chanka Seylata alias Chaïdana, certains grands noms de la musique officielle katamalanasienne chantaient ses vers. C'est ainsi que le Guide Providentiel pendit pour haute trahison Marianato Pentecôte, une belle métisse qui chantait au conservatoire de Yourma, et qui était la cantatrice républicaine ; Ramuelia Gonzalès et Pablo el Granito furent enterrés vifs pour avoir chanté « La convocation » de Chaïdana ; Victorio Lampourta, Kabamani Ishio, Sabratana Mouanke, les plus grands écrivains katamalanasiens essayaient d'appliquer la méthode et la vision chaïdaniennes de l'écriture ; *Les mots font pitié*, le dernier livre de Chaïdana était publié par Victorio Lampourta qui se vit incarcérer et interdire toutes ses œuvres ; Sabratana Mouanke fut arrêté pour avoir essayé de diffuser *Mon père s'appelait Martial*, les peintres Zaïka, Pachecro et Mounamanta pour avoir organisé l'exposition de la « Sainte Vierge Douleur » qui comportait les agrandissements des dessins de Chaïdana. En très peu de temps toute la production artistique de la Katamalanasie entra dans la clandestinité. Mais le Guide Providentiel nomma ses propres artistes à qui il assigna des missions définitives et définies. Le seul résultat que ces artistes officiels purent obtenir était celui de faire rire ou de fâcher.

Ce soir-là, Layisho rentrait de ses bagarres pour la distribution des écrits de Chaïdana. Deux sergents de la police spéciale du Guide Providentiel frappèrent à la porte du bout de la crosse de leurs fusils. Layisho laissa la soupe qu'il mangeait et vint ouvrir.

— Au nom du guide, vous êtes en état d'arrestation.

— Qu'est-ce que je lui ai fait au guide ?

— On ne pose pas de questions.

A neuf heures, c'était l'autre « voici l'homme », mais dit avec une odeur de répugnance du fait que le nouveau lieutenant chargé d'amener n'était pas tout à fait pour le guide, mais comme sa ration d'oxygène passait par les nerfs du Guide Providentiel, il « donnait à César ».

— L'opposition a parfois des chiffons seulement à sa tête », dit le Guide Providentiel après avoir long-

temps tourné autour de Layisho avec son éternel couteau que les gardes avaient surnommé le couteau
d'accueil. « Les grands ont la malheureuse destinée de
combattre même les mouches, dit-il.

Il avait tourné en promenant le couteau d'accueil
autour du cou de Layisho. Il alla chercher la fourchette
avec laquelle il avait tué le docteur Tchi. Ses yeux
tournoyaient dans leurs vastes cavités.

— Qu'espères-tu, mon petit frère ? Tu veux m'a-
battre avec de l'encre ? Et pourquoi ? Nous avons
beaucoup de plomb dans ce pays.

Il lui cracha dans les yeux deux doses d'une salive
mêlée de viande vendue au Manguistra, de piment, de
remontants et de champagne Providencia.

— Si vous voulez le pouvoir, laissez les tracts tran-
quilles : le pouvoir est dans le sang, on n'a pas besoin
d'intelligence pour le savoir.

— Monsieur le président...

— Ta gueule ! Tu as hébergé la fille de Martial.
Mais celle-là... Cette chienne-là... Quand l'enquête sera
terminée, nous irons la chercher dans sa tombe, nous
l'amènerons à la cour martiale en os, nous la condam-
nerons à mort à titre posthume et on brûlera ses restes
sur la place de la Fraternité.

Le guide promena encore le couteau de table autour
du cou de Layisho. Il voulut enfoncer, mais il s'arrêta
net. Ses yeux brillaient comme ceux d'une panthère,
sa bouche tremblait.

— Non ! Je ne veux pas te tuer. Je ne veux pas te
donner l'« existence de Martial ». Parce que vous êtes

tous les mêmes : vous refusez de crever une fois pour
toutes. Je te ferai faire une cage. Les idées que tu
propages n'ont pas encore leur place sur cette terre.
Tu attendras paisiblement dans ta cahute que le temps
de tes idées vienne — tu attendras qu'elles aient leur
place ici. Alors ceux qui les auront te sortiront et tu
pourras propager tes puanteurs à volonté. Tu pourras
courir villes, pays et continents. Oui, mon cher. Je suis
fatigué de tuer. J'ai déjà des millions de corps en mon
corps. Il faut me comprendre : fatigué.

Layisho attendit quatre-vingt-huit ans. Comme
l'heure ne sonna jamais dehors pour ses idées, il mourut à l'âge de cent trente-trois ans et neuf mois. A sa
mort, le guide Jean-Cœur-de-Père qui avait succédé au
successeur du successeur du Guide Providentiel attendit
le début de la putréfaction pour faire enterrer le corps
de Layisho au cimetière des Maudits ainsi que le pré-
voyaient les textes. Le début de la putréfaction ne vint
qu'un an et douze jours après la mort de Layisho. Le
corps du vieillard resta frais, comme celui d'un homme
qui sort des bains. On attendit deux, trois, puis quatre
jours, puis un an. Le bruit commençait à courir que
le vieillard ne connaîtrait pas la putréfaction suivant
de prétendues prédictions du prophète Mouzediba.

Pendant quatre jours et quatre nuits, il avait violem-
ment plu. La terre avait tremblé au nord de Yourma
le jour où la tornade prit fin. Personne n'avait quitté
sa maison pendant la tornade, ce qui rendit la catas-
trophe du séisme plus meurtrière : la radio nationale
annonça trois cents morts, deux mille blessés et d'in-

nombrables sans-abri. Tout le monde savait d'ailleurs que la radio nationale gonflait pareils chiffres pour espérer le secours de la puissance étrangère qui fournissait les guides, tandis que (tout le monde le savait aussi), elle fatiguait les chiffres des morts au cours des incidents politiques. Le jour de l'enterrement de Layisho, on brûla ceux des écrits de Chaïdana qui n'avaient pu être sauvés par Amedandio et son ami Délabrouénza qui, dans une entreprise suicidaire, avaient réussi à pénétrer au palais et récupérer les textes de Chaïdana et ceux de Layisho dans la cage.

— Brûlez ces saletés-là. Ce sont des idées qui n'auront jamais leur place sur cette terre, avait dit Jean-Cœur-de-Père.

Même à Yokam, la petite province qui s'était retirée de la Katamalanasie après une longue et sanglante guerre civile, on n'aimait pas beaucoup les idées de Chaïdana malgré le penchant progressiste du pouvoir local.

— Que Dieu te tue, moi je suis fatigué, passait souvent dire le Guide Providentiel devant la cahute en fer de Layisho. Qu'il te tue lui-même.

Mais Dieu ne le tuait pas. Parfois le vieux percevait une odeur de femme pas très éloignée de celle de Chaïdana. Il appelait. Mais personne ne répondait. Il était pourtant si sûr d'une présence. Le vieux végétait dans son enfer de viande. Vint ce temps où il voulut écrire pour briser l'intérieur, s'y perdre, s'y chercher, y faire des routes, des sentiers, des places publiques, des cinémas, des rues, des lits, des amis.

L'homme refoulé. Le Guide Providentiel lui avait accordé le papier.

— Qu'il écrive avec son sang s'il veut vraiment écrire.

Layisho voulait vraiment écrire. En quatre-vingt-six ans, il avait écrit sur des tonnes de papier avec son sang. Il vivait dans le vent, le soleil, les mouches, la boue parce qu'on avait construit la cahute dans l'arrière-cour du palais, pas très loin des baraques aux ours, entre le lac des Espoirs et la loge aux pythons. La puanteur, les moustiques, le froid aussi. Au bout de cinquante ans de captivité, le corps de Layisho se couvrit de plus de poils que celui des plus velus des animaux. Quand Henri-au-Cœur-Tendre succéda au Guide Providentiel, il respecta à la lettre les recommandations (qui étaient dans l'un des quarante-sept chapitres des Dernières Volontés du guide) sur l'homme en cage.

Le colonel Mouhahantso avait remplacé son nom personnel par celui de guide Henri-au-Cœur-Tendre. Mais ici les mots ne disaient plus ce que disent les mots, juste ce que voulaient les hommes qui les prononçaient. Henri-au-Cœur-Tendre aimait les vierges, la viande et les vins et c'est pourquoi on parlait du pays des trois V. Henri-au-Cœur-Tendre fut assassiné par son « quart de frère », comme l'appelaient les gens du petit peuple, Katarana-Mouchata, qui prit le nom de règne de guide Jean-Cœur-de-Père. Les consignes sur l'homme en cage qui attendait que ses idées trouvassent un peu de place dehors furent respectées à la lettre.

C'est à cette époque que les clauses ordonnèrent qu'on lui coupe la langue. Le guide Jean-Cœur-de-Père coupa de ses propres mains la langue de Layisho. Il y eut un petit ruisseau de sang qui coula de la cahute au jardin des Perles, traversa la forêt des Méditations jusqu'au lac des Ames simples, arriva au théâtre Pontinacra, et s'arrêta devant la galerie des Diamants, où le guide Jean-Cœur-de-Père venait souvent rêver.

— Qu'est-ce que c'est ? demanda le guide Jean-Cœur-de-Père.

— Le sang de l'homme en cage, Monseigneur.

— Mort ?

— Non, Monseigneur.

— S'il meurt, on attendra la putréfaction.

A la mort du Guide Providentiel, Martial était venu lui dire adieu et l'avait veillé pendant deux des quarante-huit nuits de veille nationale ordonnées par la Constitution. Le 31 décembre, il l'avait accompagné au palais de la Cinquième Saison et avait déposé une gerbe portant ces inscriptions : « Pour Cypriano Ramoussa, de la part de Martial. » On avait enlevé la gerbe injurieuse soixante-douze fois et soixante-douze fois elle était revenue sur la tombe du Guide Providentiel. On avait même vu Martial la rapporter, triste vieillard dont les blessures saignaient toujours sous leurs tampons de gaze. On avait fait venir le cardinal Nandeza Poconirta pour jeter de son eau bénite sur la tombe, mais Martial venait toujours. Le bruit courait qu'il s'était réconcilié avec son assassin. Les mauvaises langues racontaient qu'il venait faire ses besoins sur la tombe excellentielle. On avait trouvé des excréments. Mais c'était l'œuvre d'un quelconque malin. Le dernier cartomancien personnel du Guide Providentiel mit de lourdes chaînes autour du tombeau et planta des ana-

85

nas. Martial venait toujours. Alors, on se rendit à
l'évidence : on donna à Martial ce qui était à Martial
et au Guide Providentiel ce qui était au Guide Providentiel. Au fond, Martial ne cherchait que cette part
des choses. Le peuple lui prêta des intentions, et fit
courir le bruit qu'un jour il passerait à la télévision
nationale pour expliquer à tous ces cœurs qui continuaient à battre pour lui comment on l'avait tué. On
parlait de ce temps où Martial avait déclaré au commandant en chef du maquis de la Lagune que si jamais
on l'arrêtait, il irait refuser de mourir la mort qu'on
donnait là-bas, qu'il leur laisserait peut-être sa soutane
kaki de pasteur de l'Église du prophète Mouzediba,
mais son sang de crocodile, pas question. Et les gens
du peuple disaient : « Il a échappé, c'est que Dieu
existe. » Il y eut des mythes. Les mythes créèrent à
côté du noir de Martial, à côté des mots de Martial,
avec les gifles de Martial, avec l'odeur de Martial, la
secte des Gens de Martial, qui refusaient de mourir, et
qui entraient tous dans la curieuse mort de Martial.
Le jour où l'université de Yourma protesta contre les
« politisations inconditionnelles des diplômes, le guide
Henri-au-Cœur-Tendre donna l'ordre de tirer, les trois
mille quatre-vingt-douze morts entrèrent tous dans la
mort de Martial, puisque le soir du 20 décembre, on
les vit marcher dans les rues, brandissant des drapeaux
de sang, avec leurs blessures qui saignaient toujours.
Nombreux étaient maintenant ceux qui voulaient mourir la mort de Martial pour avoir l'occasion de repasser

dans la vie après la mort. Beaucoup enviaient les étudiants et tous ceux que les guides faisaient fusiller.

— Ils ne perdent que la parole, disaient les gens.

Nous connaissons tous la manie des intellectuels : ils théorisent sur les pratiques de la vie sans oser la pratiquer, et la grande majorité de leurs théories restent impraticables. A l'Institut national des affaires du guide, on continuait donc à théoriser sur le phénomène Martial et ses conséquences sociopsychologiques. Le professeur Forkansa prétendait que Martial avait tellement été aimé et admiré du petit peuple que son image gravée dans leur être profond provoquait des mirages chez ces pauvres gens. La radio nationale établissait savamment chaque matin, chaque midi et chaque soir que le prétendu retour de Martial n'était qu'une affabulation montée par les ennemis de la République. Les quatre journaux de la capitale épaulaient les ondes nationales. La police interdit aux parents de donner le nom de Martial à leurs enfants et ordonna à ceux qui l'avaient de le changer.

Le jour de l'arrestation de Layisho, Martial et Chaïdana Layisho étaient allés pêcher sur le fleuve. Ils avaient fait une excellente pêche. Mais au moment où ils amarraient la pirogue pour rentrer à Yourma, ils virent un triste vieillard à la gorge et au front blessés, qui n'eut pas trop de mal à les convaincre de se laisser dériver par les eaux jusqu'à la forêt des Léopards, puisque Layisho avait été appréhendé et qu'on cherchait ses deux enfants. Martial et Chaïdana Layisho avaient dix-neuf ans. Le vieillard aux plaies leur avait procuré deux sacs d'identités, l'un en cuir rose, l'autre en cuir blanc. Il leur avait donné un grand panier de provisions, de quoi manger pendant deux semaines. Ils se laissèrent dériver pendant huit jours et huit nuits avant de quitter la pirogue et de se lancer dans une périlleuse guerre contre le vert. Là le monde était encore vierge, et face à l'homme, la virginité de la nature restera la même impitoyable source de questions, le même creux de plénitude, dans la même bagarre, où tout vous montre, doigt invisible, la solitude de l'homme dans l'infini des inconscients, et ce désespoir si grand qu'on finit par l'appeler le néant et qui fait de l'homme un simple pondeur de philosophies. La première privation à laquelle ils devaient se soumettre était le feu, le premier apprentissage lié à cette nouvelle existence était le cru à la place du cuit. Ils dormaient l'un blotti contre l'autre. Le sac d'identités que le vieillard avait destiné à Chaïdana Layisho lui faisait porter le nom d'Aleyo Oshabanti, celui de Martial Layisho donnait à son propriétaire le nom de Paraiso Argeganti Pacha. La bagarre contre le vert durait déjà depuis deux ans. Deux ans et de grosses poussières. Ils arrivèrent dans la zone de la forêt où il pleut éternellement. Le bruit des gouttes de pluie sur les feuilles a quelque chose d'affolant. Il fatigue les nerfs. Martial Layisho et Chaïdana se bouchaient les oreilles, mais le monde du silence était aussi affolant que celui du tac tac des gouttes d'eau sur les feuilles.

— La folie nous guette, disait souvent Chaïdana.

— La folie nous guette, répondait Martial. On a un

si fort besoin des autres. Il y a des moments où j'ai envie de montrer mes papiers à ces feuilles, à ces lianes, à ces champignons. On a besoin des autres : de n'importe quels autres.

Ils essayaient parfois d'écouter la chorale des bêtes sauvages, la symphonie sans fond de mille insectes, ils essayaient d'écouter les odeurs de la forêt comme on écoute une belle musique. Mais ils s'apercevaient que l'existence ne devient existence que lorsqu'il y avait présence en forme de complicité. Les choses leur étaient absolument extérieures et c'étaient eux et seulement eux qui essayaient tous les pas vers elles. Ils avaient soif du vieillard aux blessures, ils avaient soif de Layisho et de Chaïdana, ils avaient soif des miliciens et de leurs emmerdements, ils avaient besoin de l'enfer des autres pour compléter leur propre enfer. Les quarts ou les tiers d'enfer, c'est plus méchant que le néant. La nature ne nous connaît pas — elle ne nous connaît pas. Tout se passe dedans, les autres, c'est notre dedans extérieur, les autres, c'est la prolongation de notre intérieur. Ils arrivèrent à une clairière. N'ayant pas vu le soleil pendant deux ans, ils donnèrent à la clairière le nom de Boulang-outana, ce qui signifie « le soleil n'est pas mort ».

C'est à cette place que longtemps plus tard, Jean Calcium découvrit la pierre qui gardait les voix et les sons depuis des milliards d'années et put, grâce à une machine par lui inventée, extraire de la pierre qui gardait les sons, l'histoire de trente-neuf civilisations pygmées. C'est à cette place aussi que Jean Calcium monta sa cinquième fabrique de mouches, qui lui permit de gagner la douzième guerre contre la Katamalanasie et la puissance étrangère qui fournissait les guides. Martial Layisho éleva une hutte au milieu de la clairière, y aménagea deux étagères grossières en guise de lits, mais le froid les obligeait toujours à dormir ensemble, dans l'un ou l'autre lit. Pour éviter de franchir la frontière des choses et tomber dans cette tentation dont le pasteur Dikabane leur parlait si souvent à l'école moyenne protestante, ils dormaient toujours la tête de l'un dans les jambes de l'autre. Ils avaient confectionné des culottes tellement grossières qu'elles leur brûlaient les reins plus qu'elles ne les cachaient.

— Si on pouvait avoir un enfant, dit Chaïdana un soir, on serait moins seuls.

— Ferme ta gueule, répondit Martial Layisho.

Elle pleura toute la nuit. Martial Layisho la consola, mais elle pleurait toujours. Très vite ses larmes devinrent pour eux quelque chose comme là-bas, là-bas et les autres : ils pleuraient à tour de rôle. Le soir, en rentrant de la chasse ou de la pêche, Martial disait avec un rire franchement jovial : « C'est le tour de ma sœur. » Elle prenait son tour, pleurant exactement comme ceux qui là-bas, perdaient quelqu'un. Le matin était toujours le tour de Martial Layisho. Il pleurait avant de partir à la chasse.

— Si on pouvait avoir un enfant...

— Ferme ta gueule. Ferme ton vilain corps de femme.

Le temps passait ainsi. Ils eurent vingt-cinq ans.

C'est à cette époque qu'un groupe de Pygmées apporta le feu dans la clairière. Ils parlaient. une langue qui coulait comme un ruisseau de sons fous dans les oreilles de Chaïdana et de Martial Layisho. Les Pygmées ne voulaient visiblement pas d'eux. Mais la soif de présence. Mais la faim des voix. Martial et Chaïdana se fixèrent dans le groupe avec la plus grande peine du monde, grâce aussi à l'aide d'un jeune chasseur pygmée qui disait s'appeler un son que les jumeaux n'arrivaient pas à saisir pour de bon : quelque chose comme Kabayahasho, ou Tabaaasheu, ou Pabahayasha. Ils décidèrent de l'appeler Kabahashou, sur une simple addition de sons habituels dans cette espèce de semis à la volée de syllabes que leur ami s'évertuait à pratiquer.

— Kapayahasheu ! Kapayahaasheo !

Le diable de nom ! Le père (ou l'oncle) de Kabahashou le disait avec cette chaleur et cette musicalité. Il fallut bien longtemps à Kabahashou pour convaincre les siens de considérer les deux exilés comme étant des leurs. Cette conviction ne fut jamais totale et pratique. On médisait d'eux, on les écartait, on les traitait comme des intrus, absolument gênants et dérangeants. Un jour, Kabahashou était à la chasse. Un autre jeune Pygmée dont le son du nom avoisinait Karamouhoché avait préparé du singe. Il avait mis une dose de *chamanekang*[1] dans la part qu'il avait apportée aux exilés.

Au retour de Kabahashou, les jumeaux se mouraient

---

1. Poison de liane.

dans l'indifférence générale du groupe. C'était tragique : des gens qui meurent crus, devant d'autres gens qui assistent patiemment.

— *Mocheno akanata buentani.*

Cela voulait peut-être dire : « Ils ont le sang dur. » Ils attendaient sachant parfaitement les capacités du chamanekang.

— *Ocheminka Okanatani.*

« S'ils ne meurent pas c'est que ce sont des démons. »

La nuit tout le groupe détala. Restaient seulement les deux mourants et leur ami qui essayait désespérément de les tirer de la mort par des breuvages et des inoculations.

— L'enfer ! l'enfer ! l'enfer ! criait Martial Layisho.

Kabahashou qui avait fini par enregistrer le nom et par le dire toutes les fois après Martial, lui donna tous les sens possibles, il avait d'abord pensé à l'eau et donné à son malade des quantités gênantes d'eau. Puis il avait donné au mot « enfer » le sens de nourriture, puis celui d'air, celui de froid, celui de chaleur, celui de peur... Douze jours et douze nuits plus tard, Chaïdana Layisho était hors de danger tandis que Martial continuait à crier l'enfer.

Il s'éteignit la troisième nuit de la troisième semaine qui suivit le départ des Pygmées. Sans en rien dire à Chaïdana qui avait gardé le lit à cause de sa fatigue, Kabahashou alla attacher le cadavre de Martial Layisho à un arbre qu'il entoura de pièges. Pendant les dix-neuf mois et vingt-deux jours que le corps mit à pour-

rir, Kabahashou prit à ses pièges sept cent quarante-
deux sangliers, deux cent vingt-huit civettes, huit cent
trois chacals, quatre-vingt-treize chats, quatre crocodiles, deux léopards, d'innombrables rats de toutes tail-
les, ainsi que quatre boas et treize vipères. Le venin
des vipères était entré dans les remèdes que le Pygmée
avait utilisés pour combattre la paralysie de Chaïdana
Layisho. Malgré son jeune âge, Kabahashou connaissait toute la science de la forêt. Chaïdana Layisho avait
perdu même la voix. Les choses durèrent quelque cinq
mois. La science de Kabahashou avait rendu l'utili-
sation de ses membres à Chaïdana, mais la voix ne
revenait pas. Un soir, Chaïdana parla :

— Où est Martial ? demanda-t-elle en langue de là-
bas.

Kabahashou ne comprenait pas. Longtemps plus
tard, quand Chaïdana put apprendre une affaire de
soixante mots de la langue de Kabahashou, qui, en
bon Pygmée, s'appelait Kapahacheu (c'est-à-dire Cœur
tendre), elle se fit dire par le Pygmée que Martial était
allé voir un oncle appelé l'Enfer.

— Où habite-t-il ? demanda Chaïdana.

— Je ne sais pas. Il avait parlé de lui pendant
quinze soleils et quinze noirs. Puis il est parti voir cet
oncle-là.

— Il est mort, alors ?

Kapahacheu ne répondit que par un signe affirmatif
de la tête, comme on répond à la question de savoir
si oui ou non on a faim.

— Où l'as-tu enterré ?

— Enterré ?

— Enfoncer... remettre à la terre, dit Chaïdana en utilisant une très belle métaphore pygmée. On enterre les morts.

— Dans mon clan, dit Kapahacheu, on enterre les méchants, les malfaiteurs. Les hommes bien, on les garde.

Il lui montra la petite collection d'outils et de pièces artistiques qu'il avait sorties des os de Martial. Les objets d'art étaient d'une saisissante beauté et se résumaient à quatre statuettes, douze colliers, deux instruments de musique, une pipe et une gibecière.

— Les dents de l'Enfer, dit Kapahacheu qui appelait Martial tantôt l'Enfer, tantôt Mahashia.

Il désignait un beau collier qu'il portait autour des reins ; Chaïdana le regarda longuement, elle n'eut aucune réaction. Elle répéta seulement sans même y faire attention :

— On enterre les méchants. C'est peut-être mieux comme cela.

Ils se parlèrent de leurs ancêtres respectifs. Oh ! là encore Chaïdana était devenue amère.

— On m'a dit que j'ai eu des moches dans ma famille. Aussi moches que la terre de là-bas. Moches à en mourir. Non, la terre est mal conçue. Il en fallait une pour quatre ou cinq types. Après, c'est l'enfer. L'enfer ne tue pas : il bouffe.

Elle avait dit le mot en langue de là-bas et Kapahacheu l'associa à l'oncle de Mahashia :

— L'enfer ?

94

— C'est quelque chose qui vous bouffe. Qui vous mange à coups fermés.

— Léopard ?

— Non.

— Lion, crocodile, tigre ?

— Non ! Ça vous mange tant que vous respirez — mort, ça vous laisse tomber.

— Vois pas !

— Tu ne verras pas. Il faut aller là-bas pour voir.

Les parents de Kapahacheu avaient été chasseurs, mangeurs de feuilles, et possédaient la science des sèves comme personne ne l'avait jamais possédée. Mais jamais de leur vie ils n'avaient rencontré une bête du nom de l'Enfer, qui vous mange vivant, et mort vous laisse tomber. Ils avaient tous eu les yeux qui bougent, ils pouvaient se cacher comme une gazelle, courir, grimper, apparaître, disparaître, et, bien entendu, ils avaient enterré deux méchants, les gens bien, ils les avaient gardés et transmis à leurs enfants, ils avaient découvert le banghamhamana, cette sève qui vous gardait mort pendant quinze soleils et quinze noirs, et qui était au centre de la coutume du sacre des chasseurs. On vous faisait manger et boire pour la durée de votre mort artificielle, puis on vous donnait à la fin du banquet, dans un récipient laissé par le plus réputé de vos oncles chasseurs, une dose de banghamhamana. Vous prononciez les mots du voyage : *Onglouenimana chahtana yonka* (J'apporte tous les vœux du clan au pays des tempêtes). On allait alors vous laisser dans la forêt, après vous avoir fait des enduits bizarres, on vous entourait de pièges comme un vrai mort, à cause des bêtes que vos odeurs attireront.

— Combien de pattes ?

— Quoi, combien de pattes ?

— L'enfer ?

— Ah ! Autant de pattes qu'ils sont là-bas. Des multitudes.

— C'est grand ?

— Grand comme un pays. Grand comme la forêt.

Kapahacheu et Chaïdana restèrent huit ans à Boulang-outana. Le gibier se faisait rare.

— Les bêtes ont peur de notre odeur. Il faut partir.

— Martial est mort ici. Nous devons rester. Attendre notre tour.

— On ne vit pas comme cela dans la forêt. On ne reste pas quand la nourriture est partie. C'est la grande loi.

Ils marchèrent pendant quarante jours. Parfois ils se laissaient dériver sur un petit radeau fabriqué pour la circonstance. Géographiquement, la forêt appartenait à trois pays frontaliers, du moins suivant les notions que Chaïdana détenait de là-bas.

— Ça m'est foutrement égal qu'on soit en Katamalanásie, au Pamarachi ou au Chambarachi.

— C'est quoi ?

— Des pays. Des terres.

— La terre n'a pas d'autre nom que la forêt.

— Ici, oui. Mais là-bas, ils ont mis des frontières jusque dans les jambes des gens.

— Frontières ?

— Limites. Pour séparer. Il faut séparer, tu comprends ?

Le oui de Kapahacheu ne sortait que pour ne pas contrarier Chaïdana. Il ne comprenait pas. Il ne comprendrait jamais leur maudit « là-bas ». Au fur et à mesure que le vocabulaire de Chaïdana en langue batsoua[1] s'élargissait, elle lui racontait des histoires qui semblaient venir du dehors du monde. Le dehors du monde était l'expression que les Batsoua de la tribu de Kapahacheu utilisaient pour désigner le maudit pays des morts qu'on enterre.

— C'est bien qu'il y ait encore de la place pour être seul. Quand le monde sera mort là-bas, on en aura encore ici. Ici : comme j'ai du mal à dire ce mot. Je le trouve dur. Trop dur pour moi. On dirait qu'il va m'arracher des morceaux de gorge.

Le monologue de Chaïdana commençait à s'étendre comme un feu de brousse sur son être tout entier. Il l'éloignait un peu de Kapahacheu, mais elle avait des choses à ne dire qu'à elle-même. Son besoin de là-bas grandissait. Là-bas on fait des pieds et des mains pour être vivant, et ces pieds et ces mains ont leur charme, amer, mais charme quand même. Après tout, là-bas, les femmes avaient une ration spéciale d'oxygène. Les belles. Elles avaient beaucoup de place dans les champagnes, dans les danses, dans les rues, dans les lits, toute la bonne place qui revient aux femmes dans un pays où les hommes sont des cailloux.

1. Nom authentique des Pygmées.

— Cette feuille, tu mets sous la langue pour devenir un homme-arbre. Cette feuille, tu mâches pour ne pas faire fuir le gibier avec ton odeur. Cette feuille tu frottes pour que les serpents s'éloignent. Cette feuille pour garder le souffle. Cette feuille. Cette liane. Cette racine. Cette sève. Cette plante.

Kapahacheu versait la forêt dans la cervelle creuse de Chaïdana. Les sèves qu'on met dans les yeux pour voir très loin ou pour voir dans la nuit. Les sèves qu'on met dans les narines pour respirer l'animal ou l'homme à distance. Les sèves qui font dormir ou qui empêchent de dormir. Les sèves qui provoquent les mirages ou les effets du vin. La gamme de poisons. La gamme de drogues. Les mots aussi. Les mots qui guérissent. Les mots qui font pleuvoir. Les mots qui donnent la chance. Ceux qui la tuent.

— Toi, tu ne mourras plus sous l'effet du poison puisque tu as échappé au gbombloyano. C'est la plus méchante sève de la forêt. Quand elle te laisse, tu peux vivre deux cents saisons de pluies. Tous les serpents de la forêt peuvent te mordre, tu n'en sentiras rien. On avait un oncle, Khaïahu, celui qui a fondé notre lignée. Il avait échappé au gbombloyano : il a vécu deux cent huit saisons de pluies. La coutume dit qu'il existe une liane dans la forêt, quand tu la manges, tu ne peux plus mourir. Tu attrapes la vie de la forêt. Tu deviens homme-racine. Tout le monde cherche. Tous les clans. Toutes les générations. Personne ne trouve. Mais la liane existe : elle donna naissance à la forêt, par la sève de sa vie. Toi qui as échappé au gbombloyano,

si nous retrouvons les autres, tu seras Mère de clan.
La forêt te dira ses secrets dans la nuit. Elle te dira
ce que les oreilles n'entendent pas.

Souvent, Chaïdana n'écoutait pas. Elle regardait le
collier de dents. Elle pensait que les dents avaient ap-
partenu à Martial. Ce petit empire de phalanges aussi,
qui pendait sous l'instrument de musique. Là-bas, avec
tout ce monde de Son Excellence. Si l'on s'amusait à
faire des ustensiles ou des objets d'art. Mais il y avait
la fosse commune, où Layisho était sans doute des-
cendu.

— Le temps, c'est la forêt.

Chaïdana se répétait souvent cette phrase. Elle avait
fini par l'encrasser, par lui donner sa propre intensité,
son odeur.

— Si le temps veut, je repartirai, et je prendrai la
ville avec mon sexe, comme maman. C'est écrit dans
mon sang.

— Qu'est-ce que cela veut dire ? demandait Kapahacheu.

— Une bagarre. Une guerre.

— Je connais un clan qui aime la guerre : les
Mhaha. Les Premiers Humains.

— Là-bas le monde va très vite. Il y a des armes
pour tuer un clan en un clin d'œil.

— Des sèves ?

— Non. Du feu.

— Les Premiers Humains ont des sèves pour tuer
un clan en un rien de temps.

— Mon grand-père avait perdu la guerre. Il avait

perdu une guerre. J'en inventerai une autre. Pas celle
que ma mère avait perdue. Si je ne gagne pas, la Terre
tombera. Ces choses me viennent comme si elles
m'avaient habitée longtemps avant ma naissance. Mon
sang les crie. Va vaincre ! Sans penser. Car penser est
défendu. Vaincre — respirer, le plus fortement du
monde.

— A cette allure-là, tu n'avais plus qu'à parler ta
langue de là-bas. Nous ici, on n'a pas besoin de là-
bas. On a la forêt. C'est grand la forêt.

— Je suis en saison de parole. Si je ne parle pas,
je meurs lentement du dedans. Je mourrais jusqu'à la
surface, ne resterait de moi que l'épluchure,
l'enveloppe. Quand je parle, je me contiens, je me
cerne.

— Si tu parles encore, je m'en irai.

— Bon ! reste. Je me tais.

— Cette sève enlève la parole. Cette sève rend
sourd. Cette sève efface la mémoire. Cette sève te
donne un cœur de lion. Cette autre... et cette autre.

Et c'était Kapahacheu qui parlait de sa république
de sèves, de ses ancêtres, de l'oncle qui avait résisté
au gbombloyano, de la feuille qui faisait pleuvoir, de
celle qui rendait le gibier lent. Si bien qu'à la longue,
dans le cerveau de Chaïdana, la forêt se fit, la forêt
et ses enchevêtrements farouches, la forêt et ses odeurs,
ses musiques, ses cris, ses magies, ses brutalités, ses
formes, ses ombres et ses lumières, ses torturantes ar-
deurs. A part ses dix-neuf ans de là-bas, Chaïdana finit
par perdre de vue son âge. Il y avait les jours, les

La sève magique

nuits : c'était la forêt du temps, la forêt de la vie, dans la forêt de son beau corps.

— Il y a la sève qui permet aux femmes d'accoucher de cinq ou de six, mais elle raccourcit la vie. Et puis, il ne faut pas qu'on soit trop nombreux à cause du gibier. On emploie surtout la sève qui limite les conceptions. Il y a la sève qui provoque la chance, l'amitié, la haine, la peur, la honte, le courage. Il y a la sève qui règle la taille. On n'a pas besoin d'un grand corps dans la forêt, ça gêne trop. Il y a la sève qui dissout les graisses, parce que les bons chasseurs ne sont jamais gras.

Kapahacheu parlait comme un torrent, lui qui ne voulait pas que Chaïdana parle.

— Tu sais, mon frère...

— Tu sais, ma sœur... Oui, cette sève, cette plante, cette liane, ce champignon, cet insecte. Et il y a le grand arbre qui garde les voix des ancêtres. L'autre arbre qui garde les voix des morts qu'on n'enterre pas. La pierre qui parle. Le lac aux poissons cuits.

creeper

On était sous le règne du guide Henri-au-Cœur-Tendre deuxième année, troisième mois, première semaine. Sir Amanazavou s'était accroché de justesse au nouveau régime et continuait à se battre pour emmener les siens à l'école. En digne fils des Pygmées, il avait obtenu déjà le bitumage de la route dite de la Fraternité, l'installation non loin de la mission catholique de Darmellia d'un village d'attractions, comptant deux cent douze villas ultra-modernes, la construction d'un hôpital de trois mille lits à côté d'un collège capable d'héberger cinquante professeurs et six mille élèves. Sir Amanazavou avait convaincu le guide des qualités martiales de ses confrères et l'avait persuadé d'installer une base militaire essentiellement pygmée à Darmellia. C'était à cette époque que la chasse aux Pygmées pour leur intégration atteignit son paroxysme.

— C'est pour leur bien : tuez ceux qui résistent. C'est inconcevable que la patrie manque de près de trois millions de mains.

Chaïdana et Kapahacheu avaient été raflés. Elle était *roundedip*

102

tellement belle que les chers soldats du guide avaient essayé à plusieurs reprises de la violer. Kapahacheu veillait, qui leur en fit voir de toutes les sèves. On avait emmuré au parc d'attractions près de trois mille Pygmées. Mais quelques jours plus tard, quand les prisonniers purent se procurer assez de leurs petites flèches et de leurs sèves-là, on ne trouva plus au camp que des cadavres kaki : les trois cent douze soldats du guide qui gardaient le camp avaient été tués par les Mhaha qui avaient repris le chemin de la forêt dans la nuit. Les trois mille cinquante-huit qui devaient former la division de dissuasion sous les ordres du général Ochavrantchia étaient repartis dans la forêt comme leurs frères, en laissant le cadavre du général Ochavrantchia sur ceux des instructeurs ressortissants de la puissance étrangère qui fournissait les guides. Sir Amanazavou connut des temps difficiles. Il faillit se faire fusiller pour haute trahison. Condamné par une cour martiale, il avait vu sa peine commuée en détention perpétuelle grâce seulement à l'intervention de la puissance étrangère qui fournissait les guides. Mais l'avènement du guide Henri-au-Cœur-Tendre changea la détention en liberté, et Sir Amanazavou continuait à se battre pour l'intégration des Pygmées. Il avait obtenu sa base militaire, un peu plus au nord de Darmellia.

— Chaïdana.

Monsieur l'Abbé avait répété le nom plusieurs fois. Machinalement. Il revit la jeune face pleine de vie et de mystère. Le premier jour, il avait cru que la Sainte

103

Mère du Galiléen lui était apparue. Pour se rassurer, il avait crié presque : « Il n'y aura jamais de Vierge noire. Non. Jamais de Sainte Vierge noire. » Trente ans. Elle devait avoir trente ans. Trente ans de corps. Mais un corps de vingt ans. Un sang fougueux, farouche, prenant. Le corps semblait déborder par endroits dans des formes crues, et l'harmonie des traits, dans la féroce rondeur des lignes. Les seins techniquement fermes, le menton sensuel, brutal, fauve. C'était en gros une fête — la fête des traits, sous la tempête des lignes.

— Chaïdana.

Monsieur l'Abbé répéta encore le nom. Il ne le dira jamais comme le disaient les Pygmées qui en avaient fait leur reine — avec cette magie-là —, il n'arriverait jamais à lui donner cette intensité de chair-là.

— Chaïdana.

Pour barrer la route à Satan, il se signa. Le Seigneur ne permettrait jamais que son serviteur, l'un des plus zélés, se livrât à d'aussi païennes pratiques de prononciation. Le second jour, il faillit parler au R.P. Wangotti de cette sauvageonne vêtue comme la Vierge, que les Mhaha du parc Amanazavou appelaient la femme-arbre ou la reine. Les jours passèrent. Il finit par en parler. Il en parla en mots tellement païens que le R.P. Wangotti en eut peur. Ce soir-là, Monsieur l'Abbé marchait. Le soleil avait fini de se coucher, les voûtes que ses rayons avaient tachées quelques instants auparavant passaient leur vert cru au bleu tendancieux de la nuit tropicale. Les insectes, mille lucioles phosphorescentes, éclosaient en étranges nids de lumières. Ici pouvait bien être le paradis, pensait Monsieur l'Abbé. Ici Jérusalem et consorts. Dieu y aurait plus de place. Et comme pour prouver son rêve, il répéta le nom magique : Chaïdana. Il découvrit à la fin cette odeur de damnation et se signa.

— Mon Dieu, donne-moi le cœur d'ici. Donne-moi le temps d'ici.

Les Pygmées du parc écoutaient le catéchisme avec beaucoup d'amusement du fait que le R.P. Wang était foutrement obscène dans ses contacts avec la langue locale.

— Chaïdana.

Elle l'avait accompagné jusqu'au pont Darmellia qui séparait ceux de la forêt de ceux de Jésus-Christ. Feu le R.P. Darmellia avait donné son nom à la rivière, au petit barrage, à la mission, au quartier bantou et à pas mal d'autres réalisations locales. Il avait une petite place et deux rues à Yourma, ainsi qu'un petit monument à Yourma-la-Neuve. Longtemps plus tard, quand les Jean de la série C des enfants du guide Jean-Cœur-de-Pierre construisirent Chaïdana-City, beaucoup continuaient à appeler la place Darmellia-Town.

— Au revoir, Monsieur l'Abbé.

— Bonsoir, Chaïdana.

Sa bouche pesait sur les mots au point de leur faire mal, ses yeux d'ange faisaient flotter un regard énigmatique, innocent, plein. Elle disait des choses sataniques :

105

— J'irai, et je prendrai la ville. Ce corps a traversé des mondes, des pays, des vies, des temps.

— C'est le plus beau de la forêt, osa dire Monsieur l'Abbé.

— Le plus douloureux. Le plus sale. Et c'est avec lui que je prendrai la ville. Il faut travailler avec les moyens que la bâtardise vous a mis dans les mains.

— Oui, dit Monsieur l'Abbé.

Quoi, oui ? Il se posait la question maintenant qu'il était seul. Maintenant qu'il se souvenait de ce corps terrible tendu comme un piège de chair sur le chemin de sa foi. Non. Il n'avait jamais eu peur d'un corps. Il ne pécherait jamais des reins. Sa queue savait se taire selon la volonté du Seigneur. Les réalités de la chair ne venaient qu'après celles de l'esprit. Le bas de son corps avait été réduit en respectable silence. Un silence qui pouvait bouger, mais silence digne de confiance.

Au sommet de la colline sur laquelle on était venu planter le seigneur à la française, Monsieur l'Abbé reprit son souffle avant de répéter le nom comme un enfant qui découvre les mots :

— Chaïdana ! Il faut que je persuade tout mon sang que je n'ai pas leur cœur-là.

Il ajusta la cotte de confiance dont il avait toujours entouré son système charnel.

— Si tu tombes, le Seigneur te laissera tomber.

Il marcha encore. C'était infernal cette colline. Le R.P. Wangotti l'attendait. Il y aurait la soupe aux herbes, un vieux torchon de lard, un croûton de camembert, des oranges ou comme toujours des bananes, avant le café. Le sommeil, il prendrait un vieux comprimé pour l'appeler. Le lendemain, la messe. Le monde, ça le changerait. Le défilé vers sa main magnifique qui donne le Seigneur. Puis le temps se refermera jusqu'au dimanche suivant, avec deux ouvertures : le mardi sur le dispensaire, le jeudi sur cette fille et ses Pygmées. La venue probable du vicaire de Yambi changerait bien des choses.

A la mission, Monsieur l'Abbé passa directement dans la pièce qui lui servait à la fois de bibliothèque, de bureau et de chambre à coucher. Il se jeta sur le lit. Dans un état de demi-assoupissement, il rêva d'un grand gouffre au fond duquel coulaient deux ruisseaux de sang.

— Chaïdana.

Il ouvrit les yeux. Le cœur lui brûlait. Sa tête était lourde.

— Non, dit Monsieur l'Abbé qui semblait venir du dehors de lui.

Il prit les Écritures, ouvrit et lut à haute voix : « Ils refusent de se convertir. Je disais : ce ne sont que les petits, ils agissent en insensés, parce qu'ils ne connaissent pas la loi ; c'est pourquoi le lion de la forêt les tue, le loup du désert les détruit, la panthère est aux aguets devant leurs villes, tous ceux qui en sortiront seront DÉCHIRÉS.

Et si... »

— Le dîner, Monsieur l'Abbé.

Il se leva et tangua jusqu'à la salle des repas. Les

habitudes. La vie, quand on en fait un ramassis d'habitudes devient moche. L'habitude de lire, l'habitude de parler, l'habitude d'écouter, l'habitude de respecter ses supérieurs — et c'était réglé comme dans une montre, par cet horloger qu'on appelle éducation. Il était pygmée, sa tribu connaissait des milliers de sèves. Ils n'enterraient que les méchants. Si le Seigneur pouvait comprendre ! Mais le Seigneur demandait un certain nombre d'habitudes venues de là-haut.

Le R.P. Wang remarqua, une fois comme tant d'autres, que Monsieur l'Abbé avait, comme il disait, des cailloux dans la gueule. Mais il se refusa à formuler des questions bien qu'il s'en posât plusieurs auxquelles lui-même suggérait des réponses.

Il en avait marre et marre, il voulait arrêter de se casser la tête, estimant que les Noirs auraient toujours leurs problèmes-là, où le Blanc ne verrait que du noir.

— Chaïdana, soupira Monsieur l'Abbé.

Le Révérend Père le regarda avec de grands yeux. Il faillit parler, mais la voix lui manqua. Il demanda à Sarianato de jouer du piano. Le garçon de cœur jouait pendant qu'ils mangeaient. Il mangerait après eux.

— Saperlipopette !

Monsieur l'Abbé qui voulait faire arrêter la musique de Sarianato avait renversé la soupière que Patrice lui présentait. La soupe pimentée était allée baigner le visage et la barbe du R.P. Wang, qui se mit à gronder comme un tracteur. Ah ! cette machine, quand elle s'y mettait !

— Saperlipopette !

Il se tenait fortement les yeux. Le boy vint en courant, tenant un bassinet. Il le posa devant le R.P. Wang.

— Saperlipopette ! qu'est-ce qu'on m'apporte à la place de l'eau ?

C'était du pétrole. Le cuisinier, dans sa précipitation, s'était trompé de bidon. Piment dans les yeux, pétrole dans la bouche et les narines, le Révérend Père tempêta de plus belle. Il fut sur le point de jeter une malédiction collective sur tous les Noirs du monde. La malédiction ne tomba que sur le boy et ses ancêtres. Les injures furent à tel point assommantes que ni le boy ni Monsieur l'Abbé ne pensèrent à l'eau. Le piment et le pétrole continuèrent leur effet sur les nerfs du R.P. Wang qui changea les injures en véritable messe de grands mots où ne manquaient que le nom du Père et celui du Fils.

— Comment pouvez-vous avoir le cœur pygmée à ce point ?

Il frappa sur la table en demandant au Seigneur de faire quelque chose pour changer le méchant cœur des Pygmées. Le Seigneur lui envoya le reste de la soupe au visage. Il se leva et tâtonna devant lui jusqu'à la cuisine, aboyant toujours. On entendit des bruits de casse entre deux chapelets de jurons. On entendit des « saperlipopette ! » suivis de cris de douleur. Puis il revint, toujours dans le pétrole et le piment, crier un coup sur tous les Pygmées de la terre et leurs démoniaques tropicalités, il reprocha au Seigneur de les

avoir créés. Il heurta une chaise et tomba de tout son
long. Le temps que Patrice arrive avec un bassinet
d'eau, le R.P. Wang avait abattu toute la salle à manger. On lui connaissait ce genre de colères. Et le calmer
était l'affaire du Seigneur, ça viendrait. Ni Patrice, ni
Sarianato, ni Monsieur l'Abbé n'osèrent lui parler. Le
R.P. Wang haletait, à genoux devant le bassinet d'eau,
les mains au sol. Ses longs crins pendaient comme des
fibres, la morve coulait avec les larmes.

— Pourquoi as-tu fait cela ?

— Mon Père... Mon Révérend Père...

Ils écoutèrent une autre messe d'injures. Monsieur
l'Abbé avait d'ailleurs cessé d'être sensible aux brutalités morales du R.P. Wang, il était même persuadé
que cette bête du Seigneur aurait jusqu'à sa mort très
peu d'égards pour les Pygmées. Il le prenait pour une
ordure qui avait déserté sa vie, sa race, sa culture, son
temps, son pays et qui était venu s'essouffler au pied
de la croix. Un jour, il irait son ancien chemin de
déserteur. Mais Monsieur l'Abbé ne l'oubliait jamais
dans toutes ses prières :

— Seigneur, si ma voix te parvient, veux-tu avoir
pitié des Pygmées d'abord, de tous les hommes ensuite,
du Révérend Père enfin — car Seigneur, le Révérend
Père aussi est un homme. Au nom du Père et du Fils
et du Saint-Esprit, amen.

A trois heures du matin, il quitta son lit au nom du
Père et du Fils... et alla dans le jardin. La lune. La
fraîcheur. Les ombres. Les parfums. Le monde entier.
Tout était plein de cette fille et sa passion se réveilla

comme une bête sauvage qui se mit à écrouler son
intérieur. Les choses devenaient liquides et tanguaient
dans son être. Un ouragan de corps de femmes amassa
de gros nuages de peur au fond de son être. Ses pas
le tirèrent vers le bas de la colline. Il essaya de leur
résister, mais c'étaient des pas fous, ivres de chair et
de sang. Il marcha jusqu'au pont Darmellia, là où des
années plus tard Jean Corbeille, ce fils de la série C
des enfants du guide Jean-sans-Cœur, monta la plus
grande affaire hôtelière de la région.

— Satan, va-t'en !

Il marcha jusque sur l'autre rive, dans cette liqué-
faction infernale des choses, avec son corps devenu fou
et qui posait mille questions au Seigneur. Il arriva devant la maison où dormaient Chaïdana et Kapahacheu.

— Satan, où m'emmènes-tu ?

La réponse vint toute crue dans les entrailles de
Monsieur l'Abbé : « Au monde. » Et pour résister,
Monsieur l'Abbé avait formulé une contre-réponse :

— Je n'ai pas besoin du monde.

Il se signa, pensa à la volte-face.

— Je n'ai plus besoin du monde.

— On ne peut pas aller au Seigneur sans traverser
le monde.

Décidément, Satan avait réponse à tout. Monsieur
l'Abbé s'épongea :

— Au nom du Père et du Fils et du...

— Existerais-tu à ton propre nom ?

— Mais pour quoi faire, Satan ?

— Pour avoir une expérience de l'existence.

— Je n'en... au nom du Père et du Fils et du Saint-Esprit...

— Amen.

Satan avait dit l'amen. Les odeurs avaient dit amen. L'odeur du corps de Chaïdana avait dit amen. Monsieur l'Abbé pensa au quartier Vatican dont les bars avaient plus de fidèles que l'église du Seigneur. Plus de monde que ses messes. Ça se comprenait : on avait demandé l'indépendance avec les prières — c'étaient les seules prières des Noirs que Dieu avait écoutées. On avait tué des bêtes, donné des filles aux couvents et des garçons aux séminaires. Mais ce premier cadeau qu'on recevait de Dieu avait déçu — Honorable ceci, Honorable cela, Excellence ceci, Excellence cela —, l'indépendance avait vraiment déçu, et avec elle, Dieu qui l'avait envoyée. On s'était donc fait recruter par la bière, les vins, les danses, le tabac, l'amour pissé comme on crache, les boissons obscures, les sectes, la palabre — tout ce qui pouvait empêcher d'être la mauvaise conscience des Excellences. Ici devint le pays des corps et des sangs. On avait laissé le Seigneur aux racontars et souvent on lui prêtait les yeux et le menton du R.P. Wang, on lui prêtait ses manières, sa cupidité et son égoïsme. Le proverbe disait que si le Révérend Père vous donne une aubergine, c'est qu'il va vous prendre votre jardin. A l'heure de la mort, on appelait Monsieur l'Abbé pour l'extrême-onction ; jamais le Révérend Père qu'on accusait d'envoyer l'esprit du mort au pays de sa mère. On appelait Monsieur l'Abbé pour arrêter un revenant. Il était venu pour feu

Bakashio, pour feue Kayes, pour feue Nambro, pour feu Dashimo qui revenait chercher sa femme et ses poulets, pour feu Dalanzo qui criait (et tout le village entendait) qu'il avait soif et qu'il faisait horriblement noir de l'autre côté. Monsieur l'Abbé viendrait pour d'autres, si le Seigneur...

Le collège Emmanuelano Dipanzo était construit entre le village bantou et celui des Pygmées intégrés. C'était un grand rêve de verre, de béton et de néon. A côté de lui, l'hôpital Sir Amaou, une autre folie de verre et de néon. Le drame était qu'aucun Pygmée n'était resté ni au collège, ni à l'hôpital, ni au camp d'attractions qu'on avait dû donner aux fonctionnaires de la localité ; l'hôpital, les Bantous et les semi-Bantous y seraient venus si les médicaments ne manquaient pas, si le bruit ne courait pas que le Quinoforme qu'on y donnait toujours affaiblissait le sexe chez l'homme et rendait les femmes frigides ou simplement stériles, si le garçon de salle, cousin de Sir Amanazavou qu'on y avait envoyé avec la mention de docteur, ne plaçait pas le fémur au cou et l'omoplate au ventre, si les quatre-vingt-treize infirmières n'étaient pas de simples meubles aux séjours répétés des hautes personnalités, et qui donnaient la Nivaquine pour soigner les plaies — les malades préféraient les injures du R.P. Wang qui vendait très cher ses soins au dispensaire Darmellia. Sir Amanazavou continuait à se battre. Un camp de repos était en construction, à côté d'un musée d'art pygmée et d'un institut de pygmologie. Si les finances nationales ne souffraient pas d'innombrables prélève-

ments, Sir Amanazavou, le ministre de l'Habitat, aurait fait construire une capitale ethnique à Darmellia.
On avait bien construit la capitale économique, la capitale minière, la capitale du parti (au village natal du
guide Henri-au-Cœur-Tendre), la capitale bananière, la
capitale de la bière, la capitale du ballon rond... Mais
les prélèvements dont souffraient les finances nationales venaient des quatre coins du gouvernement. La dernière fois que Sir Amanazavou était venu à Darmellia,
il avait été bousculé par la beauté de Chaïdana. Il avait
envoyé un message.

— Je suis heureux que la plus belle femme que je
connaisse, la plus belle du monde, soit pygmée.

Chaïdana avait simplement souri et avait dit en pygmée :

— Dans ce pays, avec les gens qu'il y fait, il n'est
pas facile d'être pygmée.

— C'est le monde d'aujourd'hui, ma sœur. Le
monde entier.

Le soir, Monsieur le Ministre avait demandé à coucher avec sa sœur. Ils avaient dormi. Sir Amanazavou
fut bouleversé de l'avoir trouvée vierge.

— Je pars avec tes odeurs et tes cris dans la tête.

Monsieur l'Abbé avait longuement écouté ; elle dormait. Son cœur eut envie de chanter l'irrésistible chanson des chairs. Il marcha. A une certaine heure il se
serait arrêté chez Vatican, pour un verre de bière paya-
ble le lendemain, il aurait regardé les danseuses, ces
diamètres de viande puant le vin et le tabac, ces dia-

dèmes de gueules, ces yeux morts, ces rires, ces visages. Il aurait frappé dans la ténèbre des cœurs, sur les peaux, sous les ventres, contre les reins, les culs croupissants pour crever l'image de cette fille. On arrivait au petit matin. Monsieur l'Abbé était toujours dehors.

— Le péché, c'est peut-être le sens additif qu'on met aux choses. Autrement mon cœur est devenu un gros péché.

Pendant les seize mois que Chaïdana devait encore rester à Darmellia, Monsieur l'Abbé venait passer ses nuits dans le jardin de la villa que Sir Amanazavou avait donnée à sa maîtresse. Tout le village en parlait et la honte venait au Seigneur qui ne savait pas garder ses curés. Certains milieux jugèrent Monsieur l'Abbé moins moche que le R.P. Wang qu'on accusait de « truander » avec les bonnes sœurs de la mission Sainte-Barbe.

— Le cœur est péché. Il ne peut en être autrement.

Monsieur l'Abbé avait maintenant une table chez Vatican. Il se signait avant de vider son verre. Quand il comprit, longtemps après tout le monde, que tous les samedis, Sir Amanazavou venait dormir avec Chaïdana, il conclut que le cœur était l'enfer. Il devint très sale et les enfants qui le trouvaient saoul couraient après lui, chantant, injuriant, tirant ses habits comme on le fait pour les fous gentils. On l'avait surnommé Okapakouansa, ce qui signifie « feuille d'homme ».

Il se signait encore, mais le geste était devenu brut. Les enfants avaient composé des chansons à son déshonneur. Il n'allait plus à la mission et dormait sur deux tabourets au Vatican. Le balayeur du bar venait le réveiller en bousculant les tabourets. Alors il demandait une bière. Quand le patron du Vatican le fit chasser, Okapakouansa alla élire domicile à l'église. Les chiques lui prirent les pieds et la gale la peau. Et tout le village se plaignait de lui en ces termes :

— Pauvre Monsieur l'Abbé, devenir une bête moins humaine que le chien ! une bête moins humaine que le cochon !

Les enfants composèrent d'autres chansons contre lui. Le bruit courait qu'il avait été maudit par le cardinal Vacanontia. D'autres disaient que c'était par le pape lui-même, d'autres qu'il avait voulu donner son oncle au R.P. Wang dans un tour de sorcellerie. Un jour, Monsieur l'Abbé plongea dans la forêt et marcha devant lui pendant quarante-huit jours et quarante-huit nuits. Le R.P. Wang fit battre la forêt en long et en large, on ne trouva pas la moindre trace de Monsieur l'Abbé.

Au quatre-vingt-douzième jour qui suivit la disparition de Monsieur l'Abbé, il envoya un télégramme au vicaire : « Le Pygmée a rejoint ses lianes. » Le vicaire, bien sûr, ne comprit rien au télégramme puisqu'il venait de prendre son poste, son prédécesseur ayant été déclaré homme de Martial et égorgé avec le couteau de table du guide Henri-au-Cœur-Tendre.

Kapahacheu aimait beaucoup Monsieur l'Abbé. Il fut affligé par sa disparition et demanda une messe de quatre mille francs pour lui.

— Tout le village dit qu'il est parti à cause de toi.

— Il avait peur du péché. Moi j'avais si peur de lui. Le con, le vrai con, c'était lui.

— Sois gentille avec sa mémoire.

— Si un homme entre dans votre cœur, quand il s'en va, on le trouve con. Pourquoi n'est-il pas resté ? Juste le temps que je devienne une femme. Oui. En ce temps-là, j'étais encore un démon. Je voulais coucher avec les hommes. Même avec tous les hommes du monde. Mon cœur le demandait. Mon cœur. Le plus grand péché de l'homme, c'est son cœur, finalement.

Elle se rappelait cette seule nuit où Monsieur l'Abbé était venu plus loin que le jardin — quelques jours avant sa folie, quand elle avait entendu un bruit insolite à la fenêtre, comme celui que faisait l'envoyé nocturne de Sir Amanazavou, quand celui-ci n'avait pas eu le temps d'avertir en pleine journée, ou qu'il avait hésité entre Chaïdana et l'une des quatre-vingt-treize infirmières célibataires qu'il avait fait affecter dans la région pour meubler ses tournées. D'habitude, elle disait à l'envoyé de passer à la porte, elle mettait un pagne sur sa peau et allait recevoir le message elle-même. Cette nuit-là, elle rentrait d'une longue promenade et la fatigue roulait ses muscles. Elle avait ouvert la fenêtre après le bruit et fut surprise de voir Monsieur l'Abbé.

— Bonsoir.

Personne ne trouva une quelconque autre forme de conversation. Quand les choses furent sérieusement avancées, Chaïdana avait hoqueté entre deux soupirs :

— J'ai honte de t'enlever au Seigneur.

117

Merveilleuse nuit, elle reçut d'adorables décharges de
chaleur dans les reins — six fois, elle avait crié le ho-
hi-hi-hi final avant de commencer une véritable rafale
de ho-hou-ha-hé —, Monsieur l'Abbé était un mâle
incomparable, il avait ajouté quelque chose d'indicible
aux bruits de son corps et creusé un délicieux vide
dans son ventre. A vrai dire, devant Monsieur l'Abbé,
Sir Amanazavou était un zéro sexuel tout rond. Elle
l'avait gardé au lit tout le lendemain, ne l'avait lâché
que le soir vers l'heure du dîner. L'odeur de Monsieur
l'Abbé était encore dans les draps de Chaïdana. Elle
mit trois ans à chasser de son esprit le tendre visage
de Monsieur l'Abbé. Kapahacheu lui avait même proposé une gamme de sèves-qui-font-oublier. Mais c'était
souvent lui qui, dans ses maladresses, lui rappelait le
disparu.

— J'ai encore besoin de lui.

— Il est peut-être parti au pays de l'Homme en
cage. Là-bas où tout appartient aux Payondi.

Quand elle apprit que le guide Henri-au-Cœur-Tendre devait personnellement venir inaugurer la villa de
la Récupération des peuples des forêts, elle jeta dans
un tiroir l'anneau de fiançailles que Sir Amanazavou
lui avait laissé, envoya Kapahacheu chercher la sève
qui donnait une diabolique étincelle à ses gros cheveux,
fit repasser la robe que Sir Amanazavou lui avait rap-
portée de la puissance étrangère qui fournissait les guides, acheta un nouveau parfum qu'elle mêla à une des
sèves odorantes de Kapahacheu, commença à utiliser
la sève-dentifrice qui donnait à sa denture un éclat de

miroir, et se fit désigner pour offrir le traditionnel
bouquet de bienvenue. Elle se fit choisir également
parmi les filles d'honneur qui devaient ouvrir le bal,
manger avec le guide, et au besoin, satisfaire ses tropicalités.

A Darmellia, comme partout dans le pays, le dicton
disait : « Le chef est fait pour qu'on lui fasse plaisir. »
Les premiers contingents de Forces spéciales étaient
arrivés et déployaient leurs talents à installer la sécurité
du guide dans cette partie du pays. C'étaient des gars
d'une compétence irréprochable. Ils avaient déjà pendu
publiquement cinq suspects, instauré le port sur la poitrine de la carte de fidélité du côté droit, et du côté
gauche, la carte d'appartenance. Leur deuxième dose
de méthodes était tombée sur le catéchiste du quartier
Vatican, Kapehanchio, qui voulait traverser le pont
Darmellia après sept heures du soir. On l'avait rempli
de plomb, lui, son nouveau testament et son recueil de
cantiques. Au R.P. Wang, qui avait réuni plus de dix
personnes autour de la table du Seigneur le dimanche
avant neuf heures, on lui avait ordonné de bouffer
tous les livres, les siens et ceux des chrétiens — on lui
avait acheté deux maniocs pour huit heures de repas.
D'abord, il n'en avait pas cru ses oreilles — mais les
ordres s'étaient précisés à coups de crosse. Il avait
mangé trente-sept livres et les deux maniocs. Ce matin
où l'on attendait le guide, il vomissait ses entrailles,
et comme aucun camion ne devait quitter la région ni
même y venir pendant les cinq jours que devait durer
le séjour du guide, il ne fut pas emmené à l'hôpital

de Mango pour une intervention. Le vieux Kabalacho
portait des insignes périmés du Guide Providentiel, il
les avait avalés un matin, il en est mort. Ses enfants
voulaient le pleurer mais comme ils avaient été plus de
dix, les gens des Forces spéciales étaient venus les dis-
perser ; ceux qui ne voulaient pas partir, la rafale est
partie pour eux. Puis c'était Kapahacheu lui-même qui
dut manger la vieille soutane kaki que Monsieur l'Abbé
lui avait donnée ; à la maison où il est arrivé en ca-
leçon, Chaïdana a d'abord pensé qu'il a subitement eu
sa vieille nostalgie de la forêt. Mais il lui raconte comment les choses sont arrivées.

— On m'a donné des vêtements pour que je les
mange. C'est cela, n'est-ce pas, l'enfer ? Ils m'ont demandé de manger le collier — je leur ai dit : nous, on
ne mange pas nos morts. Ils m'ont frappé. Fort. Trop
fort. Alors j'ai avalé le collier. C'est amer l'enfer.

— Ils nous apportent Yourma.

— L'enfer ?

— Une portion.

Le ventre lui mange les forces. Il boit des sèves.
Chaïdana lui a même donné deux doses de purge. Il
va au petit coin, mais l'anus, ce n'est pas fait pour les
kakis. Pendant six jours, les dix-huit doses de purge
n'ont produit aucun effet. On a donné des émétiques.
La gorge s'obstrue. Alors, on laisse les choses faire
leur chemin. Le jour de l'arrivée du guide, Kapahacheu
essaya une de ses sèves : il chia tous ses intestins avant
de mourir en criant « l'enfer ! ». Il ne vit pas le guide
Henri-au-Cœur-Tendre qu'il avait fortement souhaité

voir. Chaïdana n'alla pas pour le bouquet excellentiel
— elle pleurait son ami avec quelques voisines. Les
hommes avaient eu peur de rester. Seul Mulatashio
pleurait Kapahacheu avec les femmes puisque le défunt
l'avait sauvé d'une morsure de vipère avec ses sèves.
Mulatashio mourait déjà quand le défunt lui avait ad-
ministré sa sève. Des soldats vinrent.

— Dispersez-vous.

— Nous pleurons notre cousin. Vous êtes aussi nos
cousins, si vous étiez morts, nous vous pleurerions,
avait dit Mulatashio.

Le chef des soldats était tombé en colère.

— Un Pygmée n'aura jamais le droit de parler de
cette façon à un Payonda.

— La forêt appartient aux Mhaha. Pourquoi tu y
viens, soldat ?

La réponse ne s'était pas fait attendre. Une balle
avait sifflé et le sang de Mulatashio coulait dans la
gueule ouverte du défunt. Les soldats avaient emmené
Chaïdana. Les cadavres restèrent à la merci des mouches et des souris pendant le temps que dura le séjour
du guide Henri-au-Cœur-Tendre. Chaïdana-aux-gros-
cheveux fut présentée à Son Excellence qui la trouva
merveilleuse, pétillante, appétissante, émouvante sous
les flots d'applaudissements des mangeurs. Quelques
Bantous avaient été gênés qu'une sorte de Pygmée con-
sommât la coupe de l'estime excellentielle au détriment
de leurs très jolies filles et leur fît manquer ces faveurs-
là, ces regards-là, ces sourires-là. Ils l'auraient enlevée
et tuée n'eût été l'infaillible vigilance des Forces spé-

ciales. Personne n'avait vraiment envie de se faire acheter un pain de manioc pour bouffer sa propre chemise, son propre pagne, ou son propre pantalon.

— Ils ont des moyens très sales, disaient les gens. Ils ont des méthodes fortes.

Les gens des Forces spéciales voulaient faire parler d'eux une seule fois pour toutes : ils trouvaient toujours l'occasion de faire manger quelque chose d'horrible à tous ceux qu'ils jugeaient porteurs d'une quelconque dose de réticence au guide Henri-au-Cœur-Tendre. Les fidèles du R.P. Wang ainsi que ceux du pasteur Matassalakari tombèrent d'accord pour dire qu'il ne servait plus à rien d'aller à la messe puisque Dieu avait envoyé l'enfer à domicile et à tout le monde sauf à Chaïdana-aux-gros-cheveux et à quelques Pygmées de son entourage. Ils venaient, ceux de Yourma, pour ramasser les impôts, deux fois par an, ils demandaient l'impôt du corps, l'impôt de la terre, l'impôt des enfants, l'impôt de fidélité au guide, l'impôt pour l'effort de la relance économique, l'impôt des voyages, l'impôt de patriotisme, la taxe de militant, la taxe pour la lutte contre l'ignorance, la taxe de conservation des sols, la taxe de chasse... Ceux qui n'avaient pas assez d'argent empruntaient chez les voisins. Aucun villageois ne fut déporté et condamné aux travaux forcés dans l'arrière sud du pays pour des questions d'argent. Souvent, quand ça caillait, ceux des grands qui avaient leurs cousins sur la liste des condamnés à être passés par les armes leur trouvaient des remplaçants obscurs parmi les prisonniers pour non-paiement d'impôts. Les condamnés de marque allaient alors continuer la prison pour l'à-exécuter de promotion. Ils en sortaient, le calme revenu, et continuaient à vivre sous l'identité du mort en attendant les faveurs d'un nouveau trafic d'identité.

Parfois, l'exécuté en titre gardait simplement l'état civil de son donneur d'identité. Les gens de l'horrible prison de régime puisaient eux aussi des cas dans le réservoir des seuls condamnés qui en ce pays pouvaient espérer repartir chez eux.

La veille de son départ, le guide Henri-au-Cœur-Tendre fit savoir dans un discours de circonstance sa décision d'emmener Chaïdana-aux-gros-cheveux, à Yourma et d'en faire son épouse, malgré l'avis de ses conseillers personnels qui objectaient que le nom de Chaïdana avait été porté par la démoniaque fille de Martial, sous le règne du Guide Providentiel qui avait fait casser la tombe de cette infernale créature et, l'ayant déclarée sinistre ennemie du peuple au grade de commandatrice du déshonneur, avait fait jeter ses restes dans les rues les plus populeuses de Yourma pour que tout le monde marchât sur elle et qu'elle devînt littéralement terre. On avait transformé l'endroit de sa tombe en lieu maudit et on y avait construit le monument aux traîtres, un gros crapaud de béton qu'essayait d'avaler un immense hibou en laiton, le tout peint en gris qu'on avait déclaré couleur du démon.

— Je l'emmènerais, même si elle était un serpent.

Même si elle était Satan. Pour ses gros cheveux. Pour sa grosse technique.

Deux mois plus tard quand Chaïdana-aux-gros-cheveux devint Sa Toute Beauté Mère de la Katamalanasie et que Sir Amanazavou se tira une balle dans l'œil comme le colonel O, elle demanda qu'on enterrât les restes de Kapahacheu à Yourma. Le guide Henri-au-Cœur-Tendre offrit des obsèques nationales à son beau-frère, deux mois de deuil national et lui fit construire un monument au palais de la Quatrième Saison où l'on inhumait les immortels. On l'enterra avec mille huit cent dix-sept couronnes venant des pays amis ou d'ailleurs. On écrivit sur la pierre tombale : « Kapahacheu Koundrana Chaïdana, tombé au champ d'honneur de la République, héros national. »

Il devait un peu en rire dans sa tombe, lui qui savait qu'on n'enterre que les malfaiteurs. Les mots sont souvent plus morts que les morts, à moins qu'ils ne mentent : héros national ? Mais qui aurait dit mieux ?

Le soir du mariage de Chaïdana, la nouvelle mariée faisait sa toilette de réception quand elle vit le haut du corps de Martial dont les cheveux étaient passés du noir initial au kaki. La blessure du front, ainsi que celle de la gorge, saignait encore. Chaïdana-aux-gros-cheveux reconnut en lui le vieillard qui, des années auparavant, leur avait apporté deux sacs d'identité, l'un en cuir rose, l'autre en cuir blanc.

— Je suis revenue, dit Chaïdana-aux-gros-cheveux. Martial Layisho est mort.

Martial ne parla pas. Il lui prit simplement la main

droite et écrivit comme il l'avait fait pour sa mère :
« Il faut partir. »

Elle se souvint du grand-père dont lui avait toujours
parlé Layisho : « Il suffit de dire son nom dans leurs
oreilles pour qu'ils t'emmènent à la fusillade. »

— Je suis venue, dit Chaïdana-aux-gros-cheveux.
J'ai mis onze ans à venir.

Martial lui administra sa première gifle extérieure.
Les cinq doigts s'étaient dessinés à l'encre de Chine
sur sa joue gauche.

Le guide Henri-au-Cœur-Tendre voulut recevoir son
épouse en mâle, et pas comme un mâle d'eau douce.
Il s'était préparé en conséquence. Il avait spécialement
fait parfumer sa chambre. Des masseurs de talent le
travaillaient : c'étaient deux Toubabes originaires de la
puissance étrangère qui fournissait les guides. Il se fit
raser, limer les ongles, couper une partie de ses trop
broussailleux sourcils ; on lava longuement sa bouche,
on nettoya ses oreilles et ses narines, on vérifia tous
les orifices ; il se débarrassa du poids de sa vessie, aéra
son gros intestin pendant deux quarts d'heure, il mâcha
des aère-souffle avant de gagner sa chambre, ferma sa
porte à double tour, s'étendit sur le lit et attendit. Sa
chair pensait. Par la porte de Chaïdana-aux-gros-cheveux entra, tout couvert d'un sang noir, un fantôme
qui était Chaïdana. Le guide Henri-au-Cœur-Tendre
s'affola et courut tout nu jusqu'à la première barrière
des gardes ; il parlait une langue que personne ne comprenait : il parla cette langue jusqu'au jour de son
assassinat dans un asile après les six ans, quatre mois,

125

deux semaines et un jour de règne en son nom du colonel Kapitchianti qui assurait toujours le peuple de sa guérison prochaine. Ce fut Kakara-Mouchata, le quart de frère du guide Henri-au-Cœur-Tendre qui assassina celui-ci à l'asile, mit le meurtre au compte du colonel Kapitchianti qu'il fit fusiller place de l'Indépendance avant de prendre la radio nationale et le nom de règne de Jean-Oscar-Cœur-de-Père. Chaïdana-aux-gros-cheveux attendait toujours la guérison de son Henri-au-Cœur-Tendre. Mais si Kakara-Mouchata avait assassiné son quart de frère, c'était un peu pour hériter de la Toute Beauté Mère de la Katamalanasie qui repoussait ses avances ; Jean-Oscar-Cœur-de-Père avait composé des vers en l'honneur de Chaïdana-aux-gros-cheveux. On apprenait ces vers dans toutes les écoles du pays : *les Entrailles du guide Jean-Oscar ;* c'étaient des vers gauchistes, du genre :

> Tendre piège de chair
> Tendre soleil d'entrailles
> Quand viendras-tu
> Disperser mon cœur
> Quand viendras-tu
> Immense sang de poudre
> Au fond de mon mâle rêve
> Ah ! moi que tu vois
> Moi que tu broies
> J'ai une vie un corps
> Faits comme les cordes
> De ton vagin

J'abattrai tous les mots, tous les soleils
Dans ce ciel de folie
Amer comme cette peur
Qui pousse nos cœurs
Au premier cri...

Au dire de la radio nationale, le guide Jean-Cœur-de-Père était le plus grand poète de son siècle. La Société des auteurs de l'académie de Yourma le désigna comme lauréat du prix de la République pour l'année où il avait assassiné son quart de frère, on l'admit à l'Académie nationale au grade de censeur général des Arts. Encouragé par tant de succès, le guide Jean-Cœur-de-Père fit son entrée dans l'orchestre du célèbre Mapou-Anchia. L'orchestre perdit son prestige en deux mois du fait que le guide Jean-Cœur-de-Père voulut chanter tous les morceaux avec sa voix qui donnait plutôt à rire et son physique maltraitant qui lui valut son petit nom de Jean Baleine. En sa présence, on disait Jean Balinia (et il aimait bien) mais en son absence, on disait Jean la Baleine ou simplement le Père Bas. On inventa une danse Éléphant qui devint le principal moyen d'expression du peuple.

A force d'être violentés, disaient les Gens de Martial, nous avons fini par savoir à quoi servent les poumons.

Mais quand le guide Jean-Cœur-de-Père apprit qu'on se moquait de lui, il interdit simplement la danse sur toute l'étendue du territoire katamalanasien. Les Forces spéciales trouvèrent là un autre moyen de faire bouffer

des saletés aux gens. C'est à cette époque-là que Chaïdana-aux-gros-cheveux accepta d'épouser le guide Jean-
Oscar-Cœur-de-Père. Martial vint lui donner une demi-
douzaine de gifles et la laissa évanouie sur le lit nup-
tial. Le guide Jean-Cœur-de-Père la trouva évanouie,
lui donna une cascade de huit gifles intérieures et devint fou dans la même nuit, c'est-à-dire le trois cent
vingt-deuxième jour de son règne. Mais il n'était pas
fou au point de se laisser ravir les rênes du pays. Il
nomma un commissaire du guide en la personne de
son cousin Guitanoumana. Quinze mois après les premières gifles intérieures de Jean-Oscar à Chaïdana-aux-
gros-cheveux, un gros velu naquit, on lui donna le nom
de Kamachou Patatra. A la naissance de Patatra, le
guide Jean-Cœur-de-Père fit adopter par référendum
une Constitution à deux articles. Article premier : le
pouvoir appartient au guide, le guide appartient au
peuple. Le deuxième article était rédigé dans une langue que personne ne comprit jamais. On disait que
c'était la langue des fous. Article deux : *Gronaniniata
mésé botouété taou-taou, moro metani bamanasar ka-
rani meta yelo yelomanikatana.*

Le bruit disait que *yelo yelomanikatana* signifiait
« souverain à vie ». N'empêche que le référendum
constitutionnel donna les résultats plébiscitaires de
100 %.

Jean-Oscar-Cœur-de-Père donna la fête comme à
toutes les occasions de ce genre. Il fit boire et manger
jusqu'au sommet des gorges. Il composa des poèmes
sur le référendum et sur ceux qui défendaient les op-

LA VIE ET DEMIE

tions et les institutions du peuple katamala (on avait
changé l'adjectif de nationalité à cause de la fatigue
que le mot katamalanasien donnait au guide — on
parlait même de changer le nom du pays), la Constitution fut écrite au-dessus de toutes les portes du pays.
A cette époque, les gens de Martial parlaient de l'année
Cœur-de-Père qui comptait deux cent vingt-huit fêtes.
Il y avait la fête des noms, la fête des guides, la fête
des Forces spéciales, la fête du dernier mariage du
guide, la fête du fils du guide, la fête des immortels,
la fête des caméléons du guide, la fête de la méditation, la fête du spermatozoïde, la fête du bœuf... la
journée des martyrs, la journée de la jeunesse, la journée des adultes, la journée des femmes, la journée des
cheveux de Chaïdana, la journée des lèvres, la journée
des ventres, la journée du franc katamala, la journée
de Kapahacheu, la journée... la journée...

On demanda de peindre les articles de la Constitution du peuple dans toutes les chambres, à la cuisine,
partout. Ceux qui laissèrent passer les neuf jours de
délai établis par le guide, virent leurs cases ravagées
par les coups de crosses ou soufflées à la dynamite par
les éléments des Forces spéciales. A certains, on fit
acheter des boîtes de peinture qu'on leur fit boire avant
d'aller mourir au dispensaire des comprimés comme
disait le peuple. Les rues commençaient à dire que le
deuxième article de la Constitution du peuple signifiait
l'enfer.

— L'enfer !
— L'enfer sera tué.

— Quand ?
— Un jour.
— Quel jour ?

Patatra grandissait. On l'élevait comme un tigre, comme un lion. On lui faisait parfois manger de la viande crue. Pas de leur viande artificielle des magasins gouvernementaux, qui vous enlève un peu de sang dans le sang. Patatra mangeait de la vraie viande sauvage, qui sortait des parcs du guide, de la viande nature, où l'on mangeait un peu de forêt, qui sentait la boue, les couleuvres, les lianes. Depuis le Guide Providentiel, les souverains de la Katamalanasie étaient des carnassiers, selon le dicton de Jean-Principal, le petit frère du guide Jean-Oscar-Cœur-de-Père, qui était le patron des banques katamalaises. Patatra avait les yeux noirs de Martial, il avait ses lèvres retroussées et son teint noisette. Ses instructeurs le trouvaient intelligent, mais il ne lisait jamais autre chose que les écrits jaunes au-dessus des portes. Son père l'emmenait souvent à la chasse aux fauves et dans les boîtes de nuit. Jean-Oscar-Cœur-de-Père se voulait un guide dans le peuple. On le voyait même au quartier Huit Cents, le quartier de la passe la moins chère du pays. L'enfant passait une bonne partie de son temps à observer Layisho, l'homme en cage.

Il lui jetait du sucre, des criquets, des cafards, des libellules, des sangsues que Layisho suçait et avalait avec un évident plaisir.

— Ça ressemble à un homme. Il ne lui manque que les dents.

130

Layisho avait attrapé un regard qui semblait voir le monde et son double. Un regard qui hantait le fils du guide. L'enfant réservait quelques heures par jour à sa mère qui lui parlait de la forêt, des Kha, de Kapaha-cheu, de Darmellia, d'un oncle kha inventé de toutes pièces, de tant d'hommes et de femmes dont la vie ne servait qu'à tuer la vie, et qui avaient faim, qui avaient soif, qu'on tuait pour un oui ou pour un non, le vrai peuple, la vraie nation, les hommes-terre, les hommes-bouts-de-bois, ces cailloux de viande, ces pierres humaines. Chaïdana-aux-gros-cheveux avait ajouté un précepteur aux douze à qui Jean-Oscar avait donné la charge de l'éducation de son fils. C'étaient onze colonels et un général, celui ajouté par Chaïdana-aux-gros-cheveux était le cardinal Indirakana.

— Chaïdana-aux-gros-poils, ma mère, ma reine, disait le guide Jean-Oscar-Cœur-de-Père, pourquoi tu me mets un curé dans les jambes ? J'ai un cocotier. Il faut que Patatra soit un homme comme il n'y en a jamais eu sur cette terre, un vrai mangeur de viande.

Le temps passait sur Yourma, toujours de la même façon, toujours un temps de plomb, un temps de cris, un temps de peur. Pour un oui ou pour un non, les gens des Forces spéciales, les FS comme on les appelait, te faisaient bouffer tes papiers, ta chemise, tes sandales, tes insignes périmés, ou simplement une tenue militaire avec ses fers et ses boutons. Tu crevais par la faute de ton estomac. On continuait à montrer les mains, comme à l'époque du Guide Providentiel quand on cherchait Chaïdana la mère. Juste après la naissance de Patatra, naquit le bruit selon lequel les gens de Martial portaient une petite croix à la racine de la cuisse droite. Jean-Oscar-Cœur-de-Père fit construire à tous les coins de rues des « regardoirs » de cuisses droites, toujours accouplés : un pour hommes, et un pour femmes, sous prétexte qu'on regardait jour et nuit, certains « regardeurs » mirent des lits, d'autres se contentaient des stations debout ou des sols. Neuf mois après l'installation des premiers regardoirs, le pays connut un boom de population. Les regardoirs avaient été financés par un prêt de la puissance étrangère qui fournissait les guides. Ah ! ce pays où, comme disaient les Gens de Martial, au lieu de s'adonner aux tristes problèmes du développement, on s'occupait simplement à développer et à structurer les problèmes. La construction des regardoirs avait avalé quatorze milliards, fatigue des chiffres y compris. Les tracts des gens de Martial donnaient les pourcentages de cet investissement qui était allé dans divers prélèvements opérés par les agents de mission. Les tracts donnèrent d'autres chiffres : l'inscription des articles de la Constitution au palais en lettres d'or : vingt-deux milliards ; la construction du village des immortels : quatre-vingt-douze milliards ; la construction du palais des Morts : quarante-huit milliards ; la construction de la maternité où naquit Patatra : douze milliards...

Les tracts concluaient que le budget national était un fleuve où se jetaient deux océans : l'océan de la propagande et l'océan des besoins du guide et de ses FS qu'adroitement on appelait l'armée pour la démo-

cratie et la République. Le temps passait en Katamalanasie, toujours de la même façon. Les gens ne cherchaient même plus à savoir d'où venait ce temps, où
il allait, qui l'envoyait. A part les gens de Martial qui
avaient enseigné le métier de se faire tuer, tout le
monde disait : « C'est le temps des guides », ou bien :
« C'est le temps de Martial », ou bien : « Vous ne
comprenez donc pas que c'est le temps de Dieu ? »
Dieu, selon certains, avait décidé de ne pas tuer son
temps à juger des cons, il avait donc permis à l'enfer
de descendre par l'incarnation, de la même manière
que le Christ était venu. La radio nationale continuait
à parler de Katamalanasie, tandis que les rues avaient
opté pour l'enfer. Le guide Jean-Oscar apprit le surnom honteux qu'on avait donné au pays, sa poche
— sa chère poche —, il se fâcha cruellement et ordonna qu'on fusillât sans procès tout propriétaire de
la langue et des lèvres qui, à l'avenir, auraient pro-
noncé le mot « enfer ». Le premier fusillé avait été
l'évêque kha Dominique Roshimanito, qui n'écoutait
jamais la radio nationale et qui avait dit le mot « enfer » dans son sermon du jeudi matin. On exécuta
quatre cent soixante-douze prêtres et pasteurs et on tira
sur la foule aux obsèques de l'évêque Dominique Roshimanito où les gens avaient chanté : *Seigneur revien-
dras-tu,* où le mot « enfer » revenait dans tous les cou-
plets. La colère du guide Jean-Oscar-Cœur-de-Père
ravagea le pays au moment où les gens de Martial
jetèrent dans son lit quatorze kilos de tracts où était
écrit un seul mot : ENFER. Il ordonna que fussent ietés

au feu, allumé pour la circonstance place des Bâtards, tout livre, tout document, tout bout de papier où serait écrit, en quelque langue que ce fût, le mot « enfer ». C'est à cette époque que naquit le ministère de la Censure dont les véhicules formèrent des convois qui, à travers toute la Katamalanasie, convergeaient vers Yourma pour aller brûler l'enfer place des Bâtards. Le feu qu'on y construisit éclaira une bonne partie de la ville pauvre. Après le délai de deux mois accordé aux citoyens pour remettre les documents aux agents du ministère de la Censure, on apportait des sacs au feu de la place des Bâtards, des sacs qui gémissaient, criaient, insultaient, juraient, appelaient au secours. On avait brûlé des tonnes et des tonnes de livres, des millions de tonnes — des livres nationaux, étrangers, religieux, artistiques, scientifiques. On brûla monuments et œuvres d'art. Au fond, les censeurs n'ayant pas le temps de tout lire (certains fonctionnaires du ministère de la Censure ne savaient pas lire), ils brûlaient tout ce qui leur tombait sous les yeux. C'était la première grande guerre de la Katamalanasie, avant celle où Jean Calcium, fils de Jean-sans-Cœur de la série C, apporta ces mouches dont la piqûre était mortelle pour les hommes, pour les bêtes, pour les plantes.

La guerre contre le livre dura neuf ans, neuf mois et onze jours. On brûla toutes les œuvres musicales qui portaient — ou y faisaient allusion — le mot « enfer ». Par la suite, on associa le mot « enfer » au mot « douleur » : on interdit la douleur sur toute l'étendue du pays — on cessa de pleurer les morts, le dentiste interdisait à ses clients de gémir — on brûla les douloureux. Là le choix était parfois difficile, mais les FS savaient se débrouiller. On les appelait maintenant les fesses (fesses était une trouvaille des Gens de Martial). Quand les FS apprirent qu'on les appelait « fesses », la campagne de censure physique s'élargit au mot « fesse », parce que l'envoyé est parfois plus maître que son maître. On supprima le mot « fesse » de toutes les langues katamala, étrangères ou locales. On le remplaça par celui de « la chose-là », ou simplement « la chose ». Ceux qui prononçaient le mot « enfer » ou « douleur » étaient pendus. La liste des interdits s'allongea rapidement et on arriva à une forêt d'interdits, où les gens crevaient mangés par le lion de la cruauté.

C'est vers cette époque-là que mourut Layisho, l'homme-en-cage. Martial veilla son cadavre pendant les neuf jours et les neuf nuits que le guide Jean-Oscar-Cœur-de-Père le laissa dehors. Il chassait les mouches et tuait les fourmis.

Jean-Oscar-Cœur-de-Père s'était remarié à une jeune enfant, avait chassé Chaïdana-aux-gros-cheveux, ne gardant que son fils Patatra, l'unique enfant qu'il pût sortir d'un ventre de femme pendant soixante-douze ans de vie — Chaïdana était retournée à Darmellia après avoir déposé des fleurs sur la tombe de Kapahacheu. Elle vieillissait amèrement, pensant à Monsieur l'Abbé, à Layisho qu'elle avait revu dans le jardin du palais sans le reconnaître, sauf les derniers jours avant sa mise dehors : un sentiment l'avait poussée à aller

135

voir pour la dernière fois Krikra le singe préféré du
guide, qui agissait vraiment comme un homme, qui
vous souriait gentiment, qui vous offrait une cigarette,
qui refusait parfois la vôtre, qui vous expliquait une
grimace... Ce fut cette fois-là qu'elle reconnut Layisho,
elle lui parla de la forêt jusqu'au soir, de Darmellia,
de Martial. Elle revint lui parler pendant trois jours et
trois nuits, tandis que le guide Jean-Oscar-Cœur-de-
Père recevait sa nouvelle épouse, une vierge dont les
cris remplissaient tout le palais. Chaïdana-aux-gros-cheveux, que le guide appelait maintenant Chaïdana-à-la-
grosse-viande, parlait sans arrêt. Mais Layisho se tai-
sait. Elle s'aperçut qu'on lui avait coupé la langue. Il
n'entendait peut-être pas. Au matin de la troisième
nuit, Layisho montra le message que, dans la nuit, il
avait écrit avec ses excréments, noirs comme l'encre de
Martial : « Je vais bientôt partir. Cette ville va mourir. »

Les gens de Martial avaient jeté un tract dans toutes
les villes de la Katamalanasie, le 19 décembre de
l'année où Chaïdana-à-la-grosse-viande avait quitté
Yourma pour Darmellia. « On ne brûle pas l'enfer. »
C'était aussi le titre de la lettre ouverte qu'ils avaient
adressée au guide Jean-Oscar-Cœur-de-Père.

« Excellence. Nous savons que vous ne lirez pas cette
lettre jusqu'au bout. Nous vous invitons pourtant à ce
courage-là. Nous avons toujours dit (nous savons que
nous avons raison) : la dictature n'est pas une arme
révolutionnaire, mais un moyen d'oppression au même

titre que la torture morale ou physique ; parce que, si la dictature était comme vous le dites souvent, révolutionnaire, si, comme vous le prétendez, la discipline peut remplacer l'éducation, si l'obéissance est la plus haute vertu des hommes, vous seriez amené à établir que l'inhumanité aussi est progressiste. On n'éteint pas le feu avec du feu. On ne brûle pas la dictature, c'est elle qui brûle. Dès qu'on l'a choisie, on ne peut plus s'arrêter. Il n'y a pas de forme atténuée, mais seulement des étapes, qui vous avalent, qui vous avalent — non, on n'a pas brûlé l'enfer... »

Au vu du mot « enfer », le guide Jean-Oscar-Cœur-de-Père brûla la lettre.

— Ces enfants de la géhenne, ces fils de chiens. Cette bande de bâtards. Ils n'ont pas encore appris que moi, je suis né mangeur de viande. Ils ne savent pas que je suis carnassier. Je suis sorti tout cru des entrailles de ma mère.

Le jour où l'on enterra Layisho sans cercueil au cimetière des Maudits, Martial accompagna les prisonniers chargés de son enterrement. Ses blessures saignaient beaucoup et il n'arrêtait pas de tousser. Quand les prisonniers eurent jeté le corps dans le trou et qu'ils ne jetèrent qu'un peu de terre sur le mort, le laissant les jambes dehors, Martial recommença l'enterrement. Il mit une couronne sur la tombe et une croix de pierre merveilleusement polie. La couronne portait l'inscription suivante : « A Layisho Okabrinta, de la part de Martial. » C'était la seule tombe du cimetière des

Maudits qui portât une croix, une couronne, la seule dont le mort n'avait pas les membres dehors. On voyait des têtes sans yeux, des mains sans chair ni peau qui continuaient à saisir l'air, des jambes qui ne marchaient plus. Les grillons étaient nombreux, les rats aussi, qui creusaient parfois leurs trous dans le cadavre. Le soleil incendiait les sables huileux — ça puait, ça puait —, une herbe rare jaunissait par endroits, mettant ses racines dans la boue des morts. Mais la terre était plutôt chauve, triste, amère, affligée.

Le guide Jean-Cœur-de-Père mangeait. L'adolescente qu'il venait d'épouser après celle qui avait remplacé Chaïdana-aux-gros-cheveux que le guide avait mise dehors parce que, malgré sa très grande beauté, elle se tenait au lit comme un bout de bois, mangeait avec lui. C'était l'éternelle viande des guides. Jean-Oscar-Cœur-de-Père mangeait au koutou-mechang, une liqueur remontante, obtenue à partir d'une distillation de vin de palme dans sept sèves et douze sortes de racines. C'était de cette façon que le guide annonçait à ses épouses qu'il y avait « match le soir ».

Après avoir mangé son fromage, il se brossa les dents avec son dentifrice des « grands jours ». Au moment où il regardait ses dents au miroir, il vit sur son front, écrit à l'encre de Martial, le mot « enfer ». Il alla aussitôt dans la salle de bains, se lava le front, frotta longuement. Les lettres ne partaient pas. Il se frotta le front pendant toute la nuit. Le lendemain matin, il fit venir un médecin qui racla la peau. Le mot restait là. Le guide Jean-Cœur-de-Père décida une

139

opération. On enleva la partie de la peau où le mot était écrit. Le mot était sur l'os. Le médecin gratta l'os, le mot restait toujours. On pratiqua une greffe de peau, le mot sortit sur la nouvelle peau.

— Qu'on me brûle vif, décida Jean-Cœur-de-Père.

Le lendemain, à la surprise de tous, la radio nationale annonça que le guide Jean-Cœur-de-Père avait choisi sa mort. On le vanta avec tous les beaux adjectifs qui existent et avec ceux qui n'existent pas. Les quatre jours qui précédaient la date de l'événement furent décrétés journées nationales de méditation. Avant la cérémonie du bûcher, le guide Jean-Cœur-de-Père donna une fête qui dura quatre nuits. Tout le pays but et dansa. Évidemment, ici, on entendait par tout le pays les gens de la capitale et ceux des trois villes moyennes. Le bûcher avait été préparé trois jours à l'avance, pavoisé, fleuri, les bois en étaient peints aux couleurs nationales, parfumés. Il était entouré de mille neuf cent quinze mâts. Tous les drapeaux portaient le nom du guide, son effigie et les deux articles de la Constitution du peuple. On l'emmena dans un carrosse qui traversa toutes les grandes artères de Yourma. Il saluait et souriait aux foules.

C'est au quartier des Kha qu'on insulta plusieurs fois le guide qui pardonna cette seule fois dans sa vie — c'était comme cela les guides : ils pardonnaient une fois par vie. On avait attaché une bande jaune autour du front de Jean-Oscar-Cœur-de-Père qui avait choisi le nom de mort de Jean-Brise-Cœurs. Mais le mot « enfer » était ressorti sur le linge. Ceux du protocole avaient vu, mais personne n'osa en parler au guide : on craignait sa colère. Place de l'Indépendance, le guide Jean-Brise-Cœurs monta sur le bûcher pavoisé de linge jaune et vert. Il était vêtu de rouge, exprès, parce qu'on disait que le rouge était la couleur des fous.

On croyait à une autre de ces farces dont le guide se servait pour attraper « du poisson » dans l'obscur lac des gens de Martial. Les espions des Forces spéciales devaient être en train d'enregistrer les humeurs — et dans ce pays, les humeurs ont toujours fait des morts et des blessés. Tout le monde, ceux du protocole de la République, ceux de Martial, les simples, les pour comme les contre, veilla à se montrer douloureux et plein de compassion. Personne n'en croyait ni ses yeux, ni ses oreilles, ni son cœur.

— L'homme veut s'amuser, osaient dire certaines langues.

— L'homme a beaucoup d'imagination.

— Vous ne connaissez donc pas l'homme.

Quand le guide Jean-Brise-Cœurs se versa l'essence sur le corps après en avoir inondé le bûcher et qu'il jeta le bidon vide au bas du bûcher qui était haut comme un podium, des voix circulèrent dans la multitude.

— C'est de l'eau. C'est de l'eau.

— L'homme veut nous avoir.

L'odeur de l'essence alla dans beaucoup de narines et les gens disaient :

— Si l'homme n'est pas fou, c'est qu'il a réussi son tour.

On ordonna une minute de silence. La multitude se figea. Il était droit comme un i, les yeux vers le ciel ; le mot « enfer » brillait sur son front ; après la minute de silence, il cria très fort :

— Chers frères, chères sœurs ! Je meurs pour vous sauver de moi. Là-dedans (il frappait sa poitrine), oui, là-dedans, je constate que ça n'est plus complètement humain. Là aussi (il montrait sa tête), oui, là aussi, ce n'est plus humain. Alors, j'ai décidé de mourir pour vous sauver de moi. Il faut m'aimer. Il faut me fêter, gardez mon nom comme un trésor.

Il désigna du doigt le cinquième étage de l'immeuble de la mairie. Tous les visages se retournèrent comme attachés à son doigt par un mystérieux fil, il cria :

— Regardez Martial. Ils sont dix, ils sont vingt Martial sur ma tête.

La foule cherchait au-dessus de l'immeuble. A ce moment, Jean-Brise-Cœurs sortit un briquet de sa poche et alluma le bûcher. Patatra et ceux du protocole accoururent, mais le bûcher crachait de hautes flammes. Personne n'eut le cœur de mourir avec lui. Les Gens de Martial insultaient à voix basse : « Va en voir de toutes les morts, sale cochon. Bête à cuir... »

Jean-Brise-Cœurs continuait à crier.

— Je meurs pour vous sauver de moi !

Il riait dans les flammes horribles qui mangeaient sa viande. Le soir on entendit son rire dans toute la ville. Après deux mois de veillées nationales et un an de deuil national, la place de l'Indépendance fut emmurée et constituée place Sacrée-Jean-Cœur-de-Père. On avait supprimé la fréquentation en voiture des avenues Providentiel, Mangadala et du boulevard des Crocodiles. Tous ceux qui voulaient passer par la place Sacrée devaient se munir d'un bouquet de jolies fleurs à déposer sur le mémorial de Jean-Brise-Cœurs dont le fils, Patatra, avait pris le nom de règne de Jean-Cœur-de-Pierre. On écrivit douze mille sept cent onze livres sur le courage et la magnanimité de pauvre Jean-Brise-Cœurs, Jean-l'Ami-des-Peuples, Jean-le-Simple, Jean-l'Audacieux, Jean-l'Ame-blanche... trois cent douze de ces livres étaient l'œuvre du poète officiel Zano Okandeli, que Patatra nomma ministre plénipotentiaire de la Poésie, chargé de chanter l'espoir populaire. Et les Gens de Martial riaient tragiquement, ils ajoutaient que le ministre de la Poésie chargé de l'espoir populaire avait de l'eau dans les couilles et du beurre dans le cerveau. Patatra nomma d'autres ministres : ministre de la Peinture chargé de la propagande, ministre de la Chanson du guide, ministre de la Pensée dégagée, ministre de l'Harmonie, ministre de la Raison humanitaire, ministre de la Corruption, ministre... ministre... et les Gens de Martial nommèrent un ministre de Sa Toute-Grasse-Hernie.

La veille de son sacre, c'est-à-dire quatre-vingt-douze heures après le martyre volontaire de Jean-Brise-Cœurs, le guide Jean-Cœur-de-Pierre voulut s'amuser — c'était un jour après son rêve que le bleu était la couleur de Dieu, il avait demandé que toutes les maisons de Kawangotara (il avait changé le nom du pays), tous les troncs d'arbres, toutes les grilles, enfin tout ce qui pouvait frapper l'œil fût peint en bleu ; il avait sacré le bleu couleur nationale pour la concorde et la prospérité ; le drapeau du guide Jean-Brise-Cœurs avait viré au bleu, aucun Kawangotais, aucune Kawangotaise ne pouvait porter des vêtements d'une autre couleur que le bleu, sauf le guide, sa femme et ses enfants ; toutes les voitures, toutes les machines, tous les objets qui entraient dans le pays devaient être bleus. Il y avait le bleu militaire et le bleu civil ; les jardiniers ne devaient planter que des fleurs bleues — et l'Institut national de la recherche scientifique, de connivence avec des savants de la puissance étrangère qui fournissait les guides, travailla à la mise au point d'un produit qui

144

devait obliger la nature à produire des plantes bleues.
On parlait même de produire un peuple bleu dans le
pays. Les travaux des savants donnaient des promesses :
on avait produit des souris bleues, au nombre de dix-
huit, sept étaient mortes, en restaient onze à qui le
guide avait donné une chambre dans son palais, il les
aimait comme des enfants. C'est pourquoi d'ailleurs
les Gens de Martial l'appelaient Jean-au-Cœur-Plein-
de-Souris.

Lors des cérémonies officielles, les membres du gouvernement et ceux du Parti populaire pour la paix
(PPP) devaient se peindre le visage en bleu, se raser
la tête pour remplacer les cheveux par une respectable
couche de bleu — les membres de la Jeunesse du
guide, ainsi que les fidèles du guide, se peignaient —,
les non-peints, pour un oui ou pour un non,
s'exposaient à l'imaginable et à l'inimaginable et quand
on leur sentait l'odeur meurtrière des Gens de Martial,
ils allaient sans procès au cimetière des Maudits où une
fosse commune, je dirais un four commun, les attendait. C'était un grand trou de quelque quinze mètres
de profondeur, la première réalisation de Jean-Cœur-
de-Pierre, au fond duquel les morts brûlaient, et qui
fumait, qui fumait. Les mouches formaient des ter-
mitières bleues sur les crânes qui n'étaient pas descen-
dus dans le trou. L'enfer, l'enfer que Martial Layisho
voyait dans son agonie. L'enfer des mouches. L'enfer
de fumée sans feu. L'enfer des puanteurs. L'enfer des
graisses. L'enfer des crânes où les conceptions du guide
n'étaient pas entrées. L'enfer que peut-être Martial

avait voulu éviter en demandant à Chaïdana de partir.
On disait : l'enfer c'est le bleu. L'enfer c'est les FS.
Ils cherchaient naïvement car l'enfer c'était eux. L'a-
musement et le plaisir étaient le propre même de l'être
de Jean-Cœur-de-Pierre.

— C'est un grand péché de jouer à l'ange alors
qu'on est monstre, répétait-il. Il faut rester ce qu'on
sent qu'on est et, si Dieu a pitié de vous, il vous fait
ange.

Pour contrevenir à la philosophie de Jean-Cœur-de-
Pierre, les Gens de Martial mettaient cette phrase à la
tête de tous les tracts : « S'accepter est le sommet de
la lâcheté humaine, n'existe que celui qui se refuse. »
Pour s'amuser, Jean-Cœur-de-Pierre instaura la nuit de
l'Opinion, celle du 24 décembre, où les tracts pouvaient être jetés à volonté, à condition qu'on ne vous
trouvât pas avec un papier compromettant le 24 avant
sept heures du soir et le 25 au matin. Le matin de
Noël, les rues étaient inondées de tracts. La circulation
automobile devait attendre la fin de la journée des
Maudits pour reprendre un cours normal. Beaucoup
des gens du peuple passaient leur temps à lire les
tracts. Les rues étaient pleines de têtes qui se bais-
saient, de mains qui ramassaient, d'yeux qui lisaient,
de rires, de cris, de « venez voir un peu ça », de « vous
n'avez pas vu ceci ? », de « fantastique », de « bien
joué les copains », de « ça, ça tape tout droit dans le
ventre des Jean »... Le matin du 26, on revenait stric-
tement à l'ancien régime. A cette même époque, Jean-
Cœur-de-Pierre prétendit que son père lui était apparu

146

et lui avait donné des instructions sur sa progéniture. On avait préparé cinquante lits dans l'une des trois mille chambres du palais des Miroirs dont la construction avait englouti quatre ans de budget national, empruntés à la puissance étrangère qui fournissait les guides et qui se faisait rembourser raisonnablement.

C'était dans la chambre rouge, la seule du palais des Miroirs qui ne fût pas bleue, et où le guide passait ses deux semaines annuelles de méditation ininterrompue. On y apprêta cinquante couvertures bleues, cinquante draps bleus, cinquante serviettes, cinquante robes de nuit, cinquante paires de nu-pieds, cinquante gants de toilette, cinquante masseurs et enfin cinquante tablettes. On fit entrer cinquante vierges choisies parmi les plus belles du pays, fraîchement baignées, massées, parfumées ; elles avaient toutes un teint de métal chauffé à blanc, le ventre moite, les hanches bien équipées, abondantes de corps et de gestes, farouches depuis les cheveux jusqu'à la pointe des orteils. Toutes étaient de ces corps qui ventent dans la mémoire des mâles. La scène fut radiodiffusée et télévisée malgré l'intervention du pape, de l'ONU et d'un bon nombre de pays amis du Kawangotara ; elle devait se répéter avec la force d'un rite pendant les quarante ans que dura le règne de Jean-Cœur-de-Pierre : c'est ainsi que naquit la semaine des Vierges, en remplacement des deux semaines de méditation annuelle du guide. On déshabilla les vierges, on les coucha sur le lit dont le numéro correspondait à celui écrit sur le ventre juste au-dessus du nombril. Le guide portait le numéro 1, les vierges étaient numérotées de 2 à 51. Jean-Cœur-de-Pierre but une sève que son père lui aurait recommandée et commença sa retraite. Il accomplit son premier tour de lit en trois heures vingt-six minutes et douze secondes. Et l'émission « Le guide et la production » eut la même durée pendant tout le règne de Jean-Cœur-de-Pierre. Treize mois et sept jours après la première émission « Le guide et la production », les cinquante vierges donnèrent la vie à cinquante garçons pesant tous quatre kilos cent sur la balance de la maternité Saint-Jean-Cœur-de-Père, construite à leur intention ; tous avaient les yeux verts, la peau cuivrée et douze dents dont six sur chaque mâchoire. On fêta cette première série des Jean pendant la journée du Nom. Le guide Jean-Cœur-de-Pierre se donna la promesse de ne jamais faire la chose-là qu'on fait avec les femmes, en dehors de la semaine annuelle des Vierges. Il tint cette promesse, et c'est ainsi que naquirent à la maternité Saint-Jean-Cœur-de-Père les deux mille petits Jean qui, à neuf ans, devaient procéder au choix de leur nom suivant une lettre de l'alphabet choisie par leur père. La radio nationale donna les noms des cinquante premiers-sortis-des-reins-du-guide. C'étaient des Jean Coriace, Jean Calcaire, Jean Crocodile, Jean Carbone, Jean Cou, Jean Cobra, Jean Corollaire, Jean Criquet, Jean Carnassier, Jean Convexe, Jean Concave, Jean Coureur, Jean Chlorure, Jean Case, Jean Carton, Jean Cash, Jean Clarinette, Jean Casse-Pipe, Jean Catafalque, Jean Chronique, Jean Corbeau, Jean Cerf-Volant, Jean Cœur-Dur, Jean Cuivre, Jean Ca-

cahuète, Jean Cardinal, Jean Crabe, Jean Cataracte, Jean Corsage, Jean Caillou, Jean Cachot, Jean Cabane, Jean Cabri, Jean Cache-Sexe, Jean Cafetière, Jean Califourchon, Jean Canon, Jean Caoutchouc, Jean Carburateur, Jean Coupe-Coupe, Jean Classique, Jean Cubain, Jean Canne-à-Sucre...

On eut dans la seconde série des Jean Valet, Jean Vaurien, Jean Vautour, Jean Ventru, Jean Velu, Jean Vipère, Jean Vérole, Jean Veto, Jean Vétiver, Jean Vide, Jean Vide-Cave, Jean Vinaigre, Jean Vocabulaire, Jean Vulvani...

Puis c'étaient des Jean Sournois, Jean Soupe, Jean Soupape, Jean Sous-Alimenté, Jean Soupirant, Jean Saoulot, Jean Soutien... et des Jean Grabat, Jean Grade, Jean Graffiti, Jean Graille, Jean Gratte-Cul, Jean Goret... Les quatorze dernières séries, à cause de l'épuisement des lettres de l'alphabet, comportaient des Jean chiffrés : Jean 93, Jean 76, Jean 47, Jean 1461...

A l'époque de la naissance de la série C des Jean, la guerre du bleu était finie ; commença celle de la passe d'identité. Le bruit disait que les Gens de Martial avaient instauré un commerce de la nationalité kawangotaise. Ce bruit fit des morts et des blessés pendant deux ans. Le guide mit la validité de la carte d'identité à dix mois, puis à cinq, puis à deux. Mais les résultats ne changeaient pas. Alors le guide se fâcha pour de bon et demanda qu'on marquât tous ses citoyens aux initiales de son nom de règne sur le front : JCP, abréviation que les Gens de Martial traduisaient par Judas connu du peuple, ou par Jouet connu du pouvoir.

Ceux qui ne voulurent pas se laisser marquer allèrent au cimetière des Maudits : il fut créé un cimetière des Maudits dans toutes les villes et dans tous les villages du pays. Il s'ensuivit une hémorragie de population ; le guide ferma donc les frontières. La seule voie d'entrée et de sortie devint les trois aérodromes de la capitale où le contrôle était sans pitié. Les trois' chemins de fer frontaliers cessèrent de transporter des passagers, seules les marchandises quittaient les trois ports maritimes. Le Port bleu servait parfois de port de débarquement des troupes de la puissance étrangère qui fournissait les guides. Ces troupes formaient la honteuse force de dissuasion d'environ huit mille hommes qui protégeait le pouvoir contre les intentions et les aspirations du peuple. La quinzième année du règne de Jean-Cœur-de-Pierre, Chaïdana, qui avait maintes fois refusé les invitations de son fils qui voulait qu'elle revînt à Yourma, lui écrivit une lettre de cent cinquante-neuf pages, où elle condamnait les abus de pouvoir de son fils et ses croisades sexuelles. Jean-Cœur-de-Pierre, que Chaïdana continuait d'appeler Patatra, tout comme elle continuait d'appeler le pays Katamalanasie, envoya une mission bleue à Darmellia avec une lettre qu'on croyait contenir un chèque qui donnait des milliards, à la vieille. Les gens de la mission étaient escortés par un demi-millier de gardes du palais des Miroirs, ceux-là même qu'on disait qu'ils vous tuaient un homme rien qu'avec la force de leur seul regard. C'est à cette époque que trente-six des Jean de la série C avaient obtenu la permission d'aller voir leur grand-mère. Ils étaient à Darmellia depuis un mois et neuf jours quand la mission bleue arriva avec bien d'autres curieux et lèche-reins du guide, qui voulaient voir de leurs propres yeux la femme qui avait donné au Kawangotara le cher guide Jean-Cœur-de-Pierre, que la radio nationale avait changé en véritable Dieu, rédempteur du peuple, père de la paix et du progrès, fondateur de la liberté... cet homme qui, comme on a le pied marin, avait le pied humain, le pied savant, le pied progressiste, dans un pays qui avait le pied Martial. La mission bleue arriva et commit les mêmes désordres que les FS lors de la venue du guide Jean-Cœur-de-Père à Darmellia, des années auparavant.

Quand Chaïdana ouvrit la lettre de Patatra, elle lut sur une feuille bleue des mots rouges : « Madame, vous n'êtes plus ma mère. » Elle prit un morceau de papier blanc, passa trois fois la main et le stylo qui devaient écrire entre ses jambes, parla à haute voix tout en écrivant ce qui suit : « Sois maudit comme les terres du désert, deviens donc la porte des malédictions d'en-bas et celles d'en-haut, je te retire l'odeur de mes jambes pour que le diable te possède, qu'il fasse la plus horrible nuit dans ta viande. » Elle demanda à ceux de ses petits-fils qui le voulaient de rester avec elle à Darmellia. Trente avaient accepté de rester. Chaïdana les bénit. Cinq ans plus tard, le roi du sexe envoya une mission à Darmellia avec l'ordre de ramener les trente fils égarés à Yourma. On les appelait les chaïdanisés. Jean Coriace et Jean Calcaire, qui avaient été choisis chefs par leurs frères, rédigèrent une lettre

à leur père avec le stylo que Chaïdana avait maudit.
C'était une lettre de quatre cent cinquante-deux pages,
écrite en deux mois et un jour. Elle parlait de Martial
qu'on avait tué sans jugement, de Chaïdana la mère,
de Layisho, de Kapahacheu, de Martial Layisho, de
La Vie et Demie, du colonel O qui s'était tiré une
balle de revolver dans l'œil gauche, du docteur Tchi,
de Monsieur l'Abbé, du R.P. Wangotti, du premier
cimetière des Maudits, de l'enfer, du bleu, du noir de
Martial, des gens marqués aux initiales, de la gifle intérieure de Martial ; elle parlait de la liberté et du
caractère sacré de la vie humaine. Elle concluait en ces
termes : « L'enfer, l'enfer. Les gens savent-ils que
l'enfer correspond à la mort de la Vie, qu'il correspond
à la mort de la liberté ? Les pères ont créé l'enfer,
que les fils cherchent ailleurs. Trouver. Qui ne sait pas
que trouver est un drame ? Trouver c'est l'enfer, laisse-
nous chercher, papa. Et il y aura un temps où chaque
homme sera une forteresse, nous commençons ce siè-
cle-là. Nous annulons la guerre physique au profit de
la guerre des bruits dans le sang. Il faut vaincre la
mort de la vie, parce qu'elle est plus odieuse que la
mort de l'être. »

Jean-Cœur-de-Pierre lut la lettre en deux jours. Elle
était signée des trente chaïdanisés de la série C des
Jean, avec en tête la signature de Jean Coriace, suivie
de celle de Jean Calcaire.

— Ils sont fous. Qu'ils restent fous, dit le guide
Jean-Cœur-de-Pierre.

Les émissions de « Radio-on-dit » consacrèrent de

longues séquences à l'intention de Jean-Cœur-de-Pierre
d'aller en guerre contre ses fils. C'est ainsi que Chaïdana mobilisa son immense fortune pour parer à toute
éventualité. Elle ouvrit trente comptes de seize milliards
chacun aux noms des chaïdanisés.

Jean Coriace conçut la stratégie du franc.

— L'argent est une arme impitoyable, aimait-il répéter à ses frères.

Chacun fonda une petite industrie : Jean Coriace
monta une tannerie, Jean Calcaire commença à ex-
ploiter avec une compagnie belge le fer, le plomb,
l'aluminium et l'uranium de Darmellia et fonda le port
de Granita ; il fit construire cinq mille deux cent douze
kilomètres de chemin de fer dans toute la forêt. Jean
Cuvette assurait le transport des minerais, d'abord vers
la puissance étrangère qui fournissait les guides, puis
vers d'autres pays. Jean Caoutchouc créa l'Inter-
national Hévéa, Jean Case devint le patron de la West
Construction des Ponts et Bâtiments, Jean Calcium
monta la West Research, Jean Chlorure la Continental
of Wood and Vegetation...

— Laissez-leur la paix, disait Jean-Cœur-de-Pierre
quand ses conseillers venaient lui parler de « cette honteuse naissance d'un État dans l'État ».

— Ils favorisent l'idéologie de l'irresponsabilité morale et physique.

— Qu'on me le prouve.

Alors les conseillers allaient maugréer au loin que le
guide trahissait la ligne nationale pour de vrai et pour
de bon. Jean-sans-Cœur était de la série S des Jean.

Il avait curieusement les yeux de ceux de la série C, semés comme deux œufs de lézard au milieu d'un visage plutôt vaste. Il construisit le palais de la Nation, son domicile, au bord du lac Felitancia, au nord-est de Yourma. C'était la seule maison du coin, et la seule voie qui y menât portait des panneaux d'interdiction de circuler tous les dix mètres. On y allait, sur laissez-passer, par un boulevard souterrain, sauf le dimanche et le jeudi, quand les douze bars du palais de la Nation étaient ouverts au public, ainsi que la collection d'objets d'art de Jean-sans-Cœur, le musée Espérana. Les night-clubs tournaient le samedi, où l'on buvait des boissons obscures qui coûtaient quatre salaires de cuisinier la dose. Dans la salle appelée Payadizo, Jean-sans-Cœur se donnait en spectacle à cause de cette capacité qu'il avait de boire comme dix tonneaux et de rire et manger comme cinquante personnes. Il chantait parfois et toutes les femmes de Yourma aimaient follement sa voix. Il composait lui-même ses airs et y mettait le nom de Martinia Chiendra, la jeune fille qu'il disait aimer plus que sa vie et qui était morte juste après leurs premiers moments d'amour. Il organisait des matches de bouffe.

Jean Gueulard et Jean Fantastique jouaient toujours la finale et depuis des années, on en était toujours arrivé à un match nul. Une seule fois, les deux frères avaient été battus par un type extérieur aux reins de leur père : un certain Mario Wampira. Le match avait duré deux mois de suite et se jouait trois jours par semaine. C'était d'abord le duel des deux frères contre

Mario Wampira. Puis Jean Gueulard eut un terrible mal d'estomac et il ne resta en vie que grâce aux interventions du médecin personnel du guide. Jean Fantastique continua le match jusqu'au moment où son manager dut jeter l'éponge.

C'était donc en Jean-sans-Cœur que les conseillers de la puissance étrangère qui fournissait les guides avaient placé leurs espoirs. Ils travaillèrent à lui donner le goût du pouvoir, mais le goût du pouvoir nous est inné, il suffit de le réveiller. Celui de Jean-sans-Cœur se réveilla comme un lion. Ses conseillers lui prouvèrent que ses frères étaient des adversaires gênants. Il élabora un plan pour les éliminer physiquement l'un après l'autre. Il aménagea une curieuse citerne dans sa propre chambre à coucher où il apprêtait des maîtresses à ses frères. La maîtresse éliminait sa proie et Jean-sans-Cœur venait chercher le corps pour le jeter dans la citerne à acide. Mille trois cent soixante-six corps avaient été dissous, leurs propriétaires partaient officiellement « au pays de Chaïdana » ; Jean Abbé, Jean Fourche et Jean Zoulou ayant quitté le monde par leurs propres moyens, Jean Tournesol qui restait en Belgique n'ayant pas répondu à l'invitation de son frère. Mon corps se souvient.

Jean-Cœur-de-Pierre pleura amèrement ses enfants. Et le bruit disait : « Enfin, il connaît le poids d'un cadavre ! » Ce bruit-là ne fit pas de morts. Ce bruit-là ne fit pas de blessés. On attribuait la disparition sans traces des enfants du guide à la malédiction de Chaïdana. Jean-Cœur-de-Pierre voulut faire un pas vers cette sorcière. Mais Chaïdana se montra intraitable à cause de l'éblouissante prospérité que connaissaient les trente bénis de la série C des Jean, à cause du fait aussi qu'elle ne trouva plus dans son vieux cœur de la place pour un enfant dont le monde entier parlait comme d'un animal féroce. Des années auparavant, elle allait à la nouvelle église que le successeur de feu le R.P. Wang avait construite avec les dons des trente, priait pour le repos de l'âme de Monsieur l'Abbé, pour celle de Kapahacheu, elle priait aussi pour que Dieu débarrassât le pays d'un monstre appelé Jean-Cœur-de-Pierre dit Patatra. Mais maintenant que les rhumatismes rongeaient ses jambes, elle ne sortait plus. Les trente venaient souvent la voir. Jean Coriace avait ob-

tenu de son père l'installation à Darmellia d'une succursale de la Kawangotaïan Union of Banks. Après la
succursale, Jean Coriace obtint la construction de pas
mal d'autres locaux : un relais de la radio nationale
où, après la mort de Jean-Cœur-de-Pierre, fut procla-
mée l'indépendance de l'État du Darmellia, où fut lue
la Constitution et le gouvernement provisoire et le ré-
tablissement des couleurs autres que le bleu national
de Jean-Cœur-de-Pierre. La Constitution de Jean Coriace fixait le nombre de partis politiques à trois.

C'était le lundi 16 mai de cette année-là que Jean-
Cœur-de-Pierre avait été assassiné par son fils Jean-
sans-Cœur, dans un coup orchestré avec la bénédiction
de la puissance étrangère qui fournissait les guides. Le
nouveau maître déclara à la radio nationale que son
père avait trahi les aspirations du peuple par ses abus
de pouvoir et sa soif de sang, qu'il avait volontaire-
ment donné un tiers du territoire national à trente bâtards, créant ainsi cette région du lac à la mer qui se
comportait en véritable État dans l'État.

— Mon devoir est de remettre l'ordre dans les choses nationales pour la sauvegarde de la paix, de la
liberté et des aspirations du peuple.

Pauvre peuple, disait le bruit. Jean-sans-Cœur fit
jeter le corps de son père au cimetière des Maudits.
Les gardes du palais des Miroirs furent massivement
assassinés. Soixante-huit d'entre eux réussirent à fuir
et arrivèrent chez Jean Coriace.

— La guerre arrive, déclarèrent les fuyards

— Nous l'attendons, dit Jean Coriace. Qu'ils viennent avec les fusils de la guerre, nous leur opposerons
les fusils de la paix, les fusils de la foi.

Jean-sans-Cœur ne songea pas tout de suite à la
guerre. Il se fit construire un palais qui avala la moitié
du budget national. Il instaura l'impôt de la relance,
l'impôt du prestige national, l'impôt de la réunification, l'impôt du cœur tropical... Le général Fantasiani
venait souvent lui parler de la honteuse situation de la
région forestière.

— En politique, Excellence, qui remet à demain
trouve hier en chemin.

— Ce n'est pas une raison suffisante pour confondre
aujourd'hui et demain.

— Vous me donnerez raison un jour, Excellence.

— Cette sorte de guerre, il faut y aller par étapes.

— Non, Excellence. Une guerre éclair, c'est le plus
fort qui la gagne. Une guerre par étapes, c'est le plus
faible qui la gagne.

Les discussions prenaient des heures et des heures.
Mais la raison du guide étant toujours la meilleure, le
général désarmait. Jean-sans-Cœur lui servait un
whisky aux épices. Le lendemain, l'homme revenait
avec d'autres thèses.

— Nous irons en guerre, Fanta. Je te dirai quand.

Quatorze ans après la mort de Jean-Cœur-de-Pierre,
le général ne vit pas venir cette aventure où il avait
bien envie de noyer son impuissance sexuelle.

— Il n'y a rien pour moi sur cette terre. Rien.

Il s'ouvrit la gorge avec une lame de rasoir. Son

sang coula toute la nuit dans le fauteuil où il avait voulu mourir. Jean-sans-Cœur le pleura et le fit enterrer place Saint-Jean-Cœur-de-Père.

La mère de Jean-sans-Cœur était une femme absolument immonde. Elle avait obtenu de son fils un bon nombre de titres, mais elle travaillait avec son amant, le colonel Raboiria, sur les possibilités de tuer Jean-sans-Cœur et de la sacrer, elle, impératrice du Kawangotara. Dans un pays où le pouvoir ne donnait que les voitures, les villas, les femmes et les vins, Raboiria ne nourrissait aucune ambition personnelle en la matière. Il voulait seulement un souverain qui lui donnât l'occasion de faire la guerre de son oncle, donc sa guerre contre les trente bâtards de Patatra. Il tomba d'accord avec la mère de Jean-sans-Cœur sur la manière, les moyens et la date de l'élimination de celui-ci. Ils choisirent le prochain anniversaire de la mort de saint Jean-Cœur-de-Père. Les choses se passeraient dans un verre de champagne. Une coutume du palais faisait boire un grand verre de champagne appelé le verre du souvenir aux quarante-quatre compagnons de la Relance nationale, ceux-là qui soutenaient la ligue Jean-Cœur-de-Père et qui avaient trempé dans la disparition de Patatra. Maintenant que le général Fanta était place Saint-Jean-Cœur-de-Père, les compagnons de la Relance nationale n'étaient plus que quarante-trois. Le guide buvait la gorgée d'ouverture, puis le verre faisait le tour de la table. On observait vingt minutes de silence, puis l'on se dispersait. Les quarante-trois allaient mourir quelques jours après

l'absorption du champagne. Raboiria prendrait la tête
du pays et s'organiserait pour sa guerre après avoir
fait Ranomayivana impératrice. Ranomayivana avait
déjà choisi son nom de règne : Victoriana-au-Cœur-Sa-
cré. Le champagne avait été bu par les quarante-trois.
Mais le cuisinier à qui on avait confié la mission de
« salir » le verre travaillait pour deux camps. Avant la
mort des quarante-trois, le vieux maréchal Kenka
Moussa fit pendre les responsables de l'empoi-
sonnement et prit les laisses de la nation.

— Calme-toi, Houangolotorana. La négociation
d'abord. Toute bonne guerre doit commencer par une
bonne négociation.

Le maréchal envoya une mission à Darmellia pour
négocier la réunification. Jean Coriace prétexta qu'il
fallait attendre les élections. A part les Gens de Martial, qui avaient inondé le Darmellia, le pays resta en
majorité pygmée. Les Pygmées se foutaient bien des
urnes et du vote qui les avaient emmenés dans la forêt
depuis trente ans. Ils connaissaient le nom de Jean
Coriace à cause de tout ce qu'il avait fait dans la
forêt ; ils connaissaient Jean Cochon qui avait apporté
le gibier artificiel dans les clairières de Mboula-Ngou-
tan et Nova-Siepana ; ils connaissaient Jean Caoutchouc et ses immenses plantations de sève ; ils connaissaient Jean Calcaire et les mines de fer de
Zouartanaka ; ils connaissaient Jean Cuivre, Jean Calcium, Jean Carburateur et les usines pétrochimiques de
la côte ; ils connaissaient Jean Carbone, Jean Cabane
et les entreprises de l'habitat ; Jean Caillou et ses mi-

nes de Zouarnatara ; ils connaissaient tous les Jean-
quelque-chose à cause de tout ce qu'ils avaient changé
dans la forêt en trente ans ; le seul qu'ils ne connussent
pas et dont personne ne parlait, était Jean Canon dont
on disait parfois dans les journaux qu'il était dans une
école militaire dans la capitale de la puissance étrangère
qui fournissait les guides ; si bien que le jour des élections, dans les trois tas de bulletins, jaunes, rouges et
bleus, aucun Pygmée n'avait hésité devant le bulletin
jaune du PPDL (Parti populaire pour la démocratie
libre) dont le fondateur était Jean Coriace. Le PDP
(Parti démocratique populaire) des Gens de Martial eut
14 % des suffrages exprimés, tandis que le MNDP
(Mouvement national de la démocratie du peuple) du
docteur Kapalanchio n'eut que 2,64 % des voix. Le
drapeau du Darmellia était blanc, avec au milieu un
cercle jaune dans lequel huit mains noires soutenaient
une grosse calebasse verte. Sa devise était Fraternité,
Foi, Travail, Paix. Après la forêt, c'était le pays du
Maréchal, où il était mortellement dangereux d'avoir
d'autres raisons que celle du guide Félix-le-Tropical. Il
naquit deux grandes villes dans le Darmellia : Granita
et le port maritime de Zoka-Vourta. Vers la fin du
septennat de Jean Coriace, Jean Canon rentra de ses
études et fonda le corps des FDP (Fusils de la paix)
qui comptait quatorze mille hommes pour une population nationale de vingt-sept millions de Darmelliens.
Tandis que Jean Coriace soutenait sa politique dont la
devise était « une tête saine sur un ventre sain », Jean
Calcaire s'efforçait, avec tous les Jean de la série C,

à lui donner raison par l'arme économique qui manquait au guide Félix-le-Tropical dont les finances livrées à une gestion carnassière alarmaient la puissance étrangère qui fournissait les guides. Les Gens de Martial, avec l'aide de quelques éléments partisans de Jean-sans-Cœur, fondèrent le corps clandestin de l'Escadron du salut. Yourma devint la ville de l'insécurité physique, morale, pécuniaire... Jean Tournesol, celui-là qui avait refusé l'invitation de Jean-sans-Cœur, rentra au pays sous le nom de Jean Apocalypse. Il était journaliste et avait des démangeaisons d'écrivain. Il fonda deux journaux : l'*Alleluya* et le *Yourma Tribune*. Félix-le-Tropical n'aimait pas Jean Apocalypse. Il cherchait un prétexte pour le mettre en disgrâce. Jean Apocalypse parla de Vatican III, la maison que Félix avait construite, où l'on vendait secrètement le sang, le cerveau et autres produits humains destinés à la médecine de la puissance étrangère qui fournissait les guides. Il démontra comment ce qu'il appela la « traite rouge » déshonorait le pays. Félix-le-Tropical convoqua Jean Apocalypse.

— Vous avec votre sang pourri-là. Vous fabriquez des carnassiers. Vous avez un sang — son sang-là qui commande le crime. Vous avez votre viande-là, avec l'odeur de votre putain de mère-là. Mais moi, si je te tue, c'est pour prendre ton cœur et fonctionner avec.

— Excellence, nous devrions avoir honte. Ceux qui nous ont jeté l'indépendance avaient parié leur tête et leur sang pour dire que nous serions incapables de gérer la liberté. Ce défi-là ! Il devrait bouger dans

toute notre manière de respirer. Il devrait être le ca-
talyseur numéro un de notre action. Nous avons un
passé qui nous condamne à être homme plus que les
autres. Or, quelle réponse avons-nous donnée à notre
condition de « questionnés » ? La viande. Et quelle
viande ? La viande de Martial, la viande de chez Quatre Saisons, la viande des Chaïdana, la viande du bleu,
le noir de Martial. Tuer, Excellence, est un geste
d'enfant. Le geste de ceux qui n'ont pas d'imagination.
Et puis, jusqu'à quel point les tuez-vous ? Ils revien-
nent vivre au fond de votre cerveau. Ils vivent dans
tous vos gestes. Ils bougent dans votre sang. Tuer,
Excellence, tuer, c'est s'annuler dans les autres. Pour
qui tuons-nous ?

— Vous êtes tous des animaux : vous ne comprenez
pas le sang d'autrui. Mais toi, si tu continues, je prendrai ta viande pour fonctionner avec. On me mettra
ton cœur, on me mettra tes poumons et tes reins, on
me mettra ton sang ; je donnerai le reste à Mbayan-
gouram, mon jeune lion.

Le docteur Granicheta aimait beaucoup le guide Félix-le-Tropical, à cause de son sourire éblouissant de
jeune tigre et à cause de ses chèques dans une banque
de la puissance étrangère qui fournissait les guides.
Quand le commandant Yvonne des Forces spéciales lui
annónça la décision du guide de fonctionner avec le
cœur et les reins du traître Jean Apocalypse, il réfléchit
longuement, cherchant dans sa tête le moyen d'empêcher son cher fou de commettre une bévue. Il cher-

cha dans le whisky, dans les vins, dans le tabac, dans l'amour. Il dépassa l'heure du rendez-vous de deux heures. Le guide était resté dans un fauteuil à l'attendre. Il rugissait sans cesse.

— Ces sales Blancs-là, avec leur sale blancheur ! Il ne vous épargneront pas... Qu'il entre.

Granicheta était de ceux qui connaissaient le palais comme leur poche, le guide aussi.

— Excellence...

— Asseyez-vous, Granicheta.

Il se jeta dans un fauteuil juste en face de Félix-le-Tropical. Le dur regard du guide creusait son être.

— Quelle heure est-il, Grani ?

— 8h 12.

Il eut un long silence. Un silence qui pesa dans le cœur du docteur le poids de cette Afrique, mystérieuse, imprévisible, fauve, enracinante malgré tout. Ce n'était pas les hommes qu'il pouvait aimer (il n'en avait pas le temps), mais le vide que ces hommes mettaient entre lui et eux. Un vide exquis, rempli de vertiges : ce vide qui nous vient des autres.

— J'ai décidé de fonctionner avec le cœur et les reins de ce salaud. Le sang aussi. Il faut me mettre son sang. On verra si moi aussi — quand même ! Ce fameux sang de Martial. Ça ne peut pas laisser la paix aux gens. Qu'on le dévierge. Qu'on le démystifie une bonne fois pour toutes. Qu'on le déforme, qu'on l'ouvre.

— Excellence...

— Je veux fonctionner avec le cœur de ce salaud-
là. Le mien me fatigue.

— C'est impossible, Excellence.

— Vraiment ?

— Impossible.

— Je mourrai alors. Mais avec son cœur dans mon
sein. L'opération, demain.

Le docteur se laissa aller à des effusions d'amitié
d'une frénésie indicible, mais Félix-le-Tropical se montra intraitable.

— Même une seconde avec son cœur là-dedans. Ça
me suffira. Que je... que je...

D'autres que le docteur auraient insisté pour amener
le guide à renoncer à sa dangereuse décision. Jean
Apocalypse apprit la nouvelle.

— Ce type est devenu fou. Je sais au moins que
mon cœur le tuera. Un mort de plus n'arrange rien et
mon corps se souvient. Tous les corps se souviennent.
Mais pourquoi un mort de plus ?

Pour des raisons techniques, le docteur avait dû re-
porter l'opération au lendemain du jour prévu. Chaïdana avait écrit au Maréchal qu'elle avait connu du
vivant de Jean-Cœur-de-Père. Le Maréchal était alors
cuisinier au palais. Chaïdana aimait bien les soupes de
celui qui avait préparé la viande excellentielle depuis
des années.

« Mon frère, tu dois te souvenir. Tu étais un
homme.

« J'aimais tes confitures, tes sauces, tes conseils.

165

J'aimais tout de toi — si bien que je te laissais parfois toucher mes gros cheveux. On était les seuls hommes dans une forêt de bêtes. Le caillou humain, c'est ainsi que nous parlions. La pierre humaine... »

Il déchira la lettre.

— Un jour ou deux, que je gueule avec son cœur-là. Je le cracherai après, si possible ; mais un jour ou deux, que je me serve de son odeur-là.

Il se rappela son oncle, le vieux colonel Obaltana qui s'était tiré une balle de revolver dans l'œil.

— L'insulte ! Ça existe, l'insulte. C'est la seule façon de vaincre l'insulte.

L'opération avait marché. Félix-le-Tropical prit un congé médical de quatorze jours dans la capitale de la puissance étrangère qui fournissait les guides. A la fin du congé, Félix improvisa une visite officielle au cours de laquelle il s'offrit en spectacle au peuple de la puissance étrangère qui fournissait les guides. Il parlait de la réunification nationale comme on parle de femmes qui font bien la chose-là. Il parlait de la réunification par tous les moyens, disait même que lui, il était venu au monde pour opérer la réunification, que celle-ci était inscrite dans son rêve, en lettres divines. Pendant que l'autre se répandait en discours intarissables, Jean Canon fabriquait des mouches et équipait, meublait sa théorie de la guerre de dissuasion. L'opposition accusait la majorité de négliger la défense nationale au profit de l'embourgeoisement. A vrai dire, elle ignorait tout de la base de Granita et de la fabrication des mouches. Elle parlait d'un pays voisin dont le nom était mal tu, qui avait eu un différend frontalier. L'armée régulière n'étant plus qu'un ramassis de cousins habillés en toute hâte, complétés par des effectifs absolument tribaux, on n'en avait fait qu'une bouchée. On avait collecté des civils à qui l'on faisait à peine toucher l'arme et qu'on envoyait mourir au front. « Il faut augmenter les effectifs de l'armée régulière. » Mais Jean Canon n'entendait pas les choses de cette oreille-là. « Ici la guerre ne peut venir que des voisins. Nos voisins sont : la Katamalanasie, le Manoupata, le Bangaliana et le Takou. Nous devons connaître les faiblesses de nos ennemis, évaluer leur force, les connaître le plus profondément possible pour que, si jamais ils nous imposent la guerre, nous répondions en connaissance de cause, dans une guerre de frappe, une guerre de dissuasion, une guerre précise, fatale et impitoyable. » Des années plus tard, quand Félix attaqua pour la première fois le Darmellia, les théories de Jean Canon prouvèrent leur diabolique efficacité. En quelques heures les mouches de Jean Calcium avaient causé autant de ravages dans le camp ennemi que n'en auraient causé dix années de guerre classique. Les Fusils de la paix avaient attaqué quinze points stratégiques à la même heure dans la même nuit du 12 avril, détruit soixante-trois ponts routiers ou ferrés, bombardé le quartier général de l'armée du guide Félix, lui-même enlevé et emmené comme otage au Darmellia. Cette guerre prit le maudit nom de première guerre de Martial, Jean Calcium avait lâché sur Yourma, qui s'appelait maintenant Félix-Ville, une centaine de ces mouches dont la construction lui mangeait toute la vie. Les mouches étaient fabriquées dans le laboratoire de Granita. Elles piquaient le premier venu des Félixvillois qui mourait quelques secondes après la piqûre. C'était l'époque où Jean Calcium construisait des mouches d'une capacité de trois cent douze piqûres. Deux jours après, Félix-Ville puait. Les bêtes mortes et les humains morts. Jean Coriace avait fait un télex au restant des responsables militaires de Félix-Ville. Il menaçait d'envoyer ses mouches dans toutes les villes de la Katamalanasie si les troupes katamalaises ne rentraient pas dans les casernes. Les troupes katamalaises ne rentrèrent pas dans les casernes avant l'envoi dans sept villes des maudites mouches chargées de mort. Le guide Félix rentra tout honteux de sa captivité. Il alla tout droit à la radio nationale et anima une émission spéciale injures à l'endroit des sales chiens du Darmellia. Il rédigea de sa propre main la plainte contre Jean Coriace au Conseil de sécurité. La plainte contenait sept pages d'injures et le reste de jurons. Le cœur de Jean Apocalypse tenait bien : Félix se frappait la poitrine et gueulait avec la force d'un jeune éléphant :

— Mon corps se souvient.

La radio nationale de la puissance étrangère qui fournissait les guides parla de Félix en termes obscurs. Le ministre des Affaires étrangères de la puissance étrangère arriva à Félix-Ville, déclara à sa descente d'avion qu'il était porteur d'un message personnel de son président au guide Félix-le-Tropical. Le guide le reçut avec des honneurs dignes d'un ressortissant de la puissance étrangère qui fournissait les guides. Pendant tout le dîner offert en son honneur, Monsieur le Ministre se rappela les phrases que son président avait enfoncées dans son crâne :

— Va voir, Hugues, si ce type-là est encore tropical. Il faut voir ça de près, de très près. Faut au besoin le sucer un peu pour voir s'il a perdu son vieux goût-là, sa vieille saveur tropicale.

Le goût tropical y était encore, mais plus frappant, plus aigre que naguère. Une tropicalité plutôt vorace. Il pouvait encore rester deux ou trois ans.

— Voyez, cher ami, Monsieur le Ministre, ils m'ont mis son cœur grossier-là. Son cœur de chien. Je mordrai. Parce qu'un chien c'est fait pour mordre. J'en avais déjà la vocation. Manquait seulement le cœur. Maintenant que j'ai le cœur, je mordrai.

— Ah ! vous savez, Monsieur le Président, cher ami, ce cœur-là... ce cœur-là.

— Vous ne l'aurez jamais, Monsieur le Ministre, cher ami. C'est un cœur à deux coups. Il fait chiek !. chiek ! Parfois il se cache — vous le cherchez, et vous le cherchez. Et vous appelez et vous vous égosillez. Oh ! Monsieur le Ministre, cher ami !

Le messager de la puissance étrangère félicitait Félix d'avoir surmonté l'épreuve de la greffe. Il remerciait du dîner que Félix avait offert à tout le gouvernement de la puissance étrangère lors de son séjour dans la capitale amie. On n'avait pas oublié les liens séculaires d'amitié entre les deux peuples. On parla aussi de la réunification nationale et des soins minutieux que demandait cette noble tâche. Félix fit le message retour avec les mêmes mots bousculés différemment. La réponse du ministre à son président fut brève :

— Le type-là ne répond plus.

Le guide Félix-le-Tropical n'utilisa le cœur de Jean Apocalypse que le temps que la puissance étrangère trouve un type totalement tropical. Le choix avait vacillé entre un certain Daniellio Mesdinaci et un inconnu cousin du Maréchal, appelé Souprouta. Daniellio Mesdinaci fut assassiné après huit semaines d'essai de pouvoir, et Souprouta prit le nom de règne de Mallot-l'Enfant-du-Tigre. Daniellio Mesdinaci s'était montré très sage et trop intelligent pour être tropical. Il avait même parlé de rapatrier les deux cent trente mille soldats de la puissance étrangère installés dans son pays pour assurer la sécurité des coopérants et qui mettaient leur nez dans les affaires de la Katamalanasie. Trois de ces soldats avaient été fusillés pour haute trahison et pratiques de mercenariat.

— Ce con parle trop.

— Ce cancre va trop loin.

— Quand même.

Comme il aimait les femmes et les vins, on n'alla pas chercher très loin : il mourut officiellement dans un accident d'auto entre Félix-Ville et Yourma-la-Neuve.

Chaïdana fêta ses cent vingt-neuf ans. Elle avait fait apporter des fleurs sur la tombe du R.P. Wang et sur la place où le corps de Kapahacheu avait d'abord été enterré avant qu'elle le fît transporter à Yourma. Ce fut à cette époque qu'un vieillard dont la barbe touchait le sol et dont tout le corps semblait mort, à l'exception des yeux, apparut à Darmellia. On l'appelait l'homme-venu-de-la-forêt. Certains l'appelaient simplement le fou. C'était Monsieur l'Abbé. Quand il vint la voir, Chaïdana lui baisa le front et dit :

— Le corps se souvient.

— J'ai dépassé le corps, dit Monsieur l'Abbé. J'ai dépassé la mort aussi.

Il parlait comme un fou, d'une manière incohérente. Mais Chaïdana remettait de l'ordre dans les vieux mots de Monsieur l'Abbé. « J'étais là-bas, j'ai passé ma vie à écrire une longue lettre à Satan. J'attends la réponse. Quand elle viendra, je m'en irai. Vous comprenez ce que je veux dire ? »

Monsieur l'Abbé terminait toutes ses phrases par un « vous comprenez ce que je veux dire ? ». Mais qui comprendrait ce qu'il allait dire ?

— Vous savez, ça serait un bonheur pour moi de partir avant cette heure-là. Y a des types, vous comprenez, qui ne seront enterrés que par des morts. Ces yeux-là, vous comprenez, voient plus que le monde. D'ailleurs, tout ça, c'est la faute du corps qui se souvient. Il y aura onze ans de saison sèche, tout sera charbon, les rivières s'éteindront, la forêt mourra de chaleur, puis il pleuvra pour des siècles et des siècles, amen.

— Que signifient ces élucubrations ? disaient les gens. Que veut-il dire, ce fou ?

— Il poussera des grenouilles dans le cœur des gens. Amen.

Après force négociations, un marché secret de vingt et un milliards donna le corps de Jean-Cœur-de-Pierre à Jean Coriace qui l'inhuma à Granita, dans une pierre-musée sculptée par Jean Calcaire, aux côtés de Chaïdana-aux-gros-cheveux et de Monsieur l'Abbé. A cette époque commença le commerce d'hommes morts ou vivants, qui allait durer jusqu'au cataclysme de la chute de Zoka-Vourta, le dernier refuge du pouvoir des trente bénis Jean de la série C. Parmi les vivants achetés par le gouvernement darmellien aux dirigeants de Félix-Ville figuraient le cardinal Saphotouma et le pasteur Ndieng. Le Darmellia acheta tous les condamnés à mort qui n'avaient pas obtenu la grâce de Mallot-l'Enfant-du-Tigre. Les familles riches aussi s'arrangeaient pour acheter la sortie des leurs. C'est ainsi que naquit une véritable contrebande de têtes qui voulaient sortir de la Katamalanasie, de l'Enfer.

La première entreprise de Mallot-l'Enfant-du-Tigre fut une série de préparatifs pour la guerre contre les sécessionnistes. Il s'endetta en armement auprès de la puissance étrangère qui fournissait les guides, pour plus de neuf cents fois le montant du budget annuel de son pays. Il payait les techniciens et conseillers militaires de la puissance étrangère à des prix aussi fous que lui-même. La Katamalanasie devint un pays avale-ferraille et le nombre de soldats de la puissance étrangère passa de deux cent trente mille à huit cent cinquante mille hommes de toutes armes. L'opposition darmellienne commençait à inquiéter les calculs de Jean Canon en y enfonçant ces chiffres fous de soldats de la puissance matrice de la Katamalanasie. Les usines de fabrication de mouches passèrent en nombre de deux à neuf. Celles de Granita fabriquaient des mouches d'une capacité de morsure de trois mille.

— La guerre c'est la guerre, répétait Jean Canon lors des réunions de son état-major. Il faut choisir entre la bannir et la faire. Le choix est libre. Mais quand on a choisi de la faire, il faut la faire comme la guerre. S'ils nous attaquent nous n'aurons pitié de personne. Ce sera la guerre. La guerre est un animal.

La réunion se terminait toujours par un film de Jean Caméra intitulé *le Poing final*. Parfois, on remplaçait *le Poing final* par *les Fusils de la haine* et *les Fusils de la paix*. Ce dernier film n'était pas interdit au grand public. Jean Caméra avait monté deux autres films à l'intention des Fusils de la paix, le corps de frappe de l'armée darmellienne : *les Mouches* et *le Corps inconnu*.

Le régime de Mallot-l'Enfant-du-Tigre dura sept ans. Il y eut seize guerres de sécession, seize guerres contre le Darmellia — et seize réponses de guerre de Jean Canon qu'on appelait maintenant le sergent Terrible. En fait, Jean Canon avait décidé, dès son retour des études, que l'armée darmellienne n'aurait pas un grade supérieur à celui de sergent. Il disait que les colonels, les généraux et les maréchaux n'étaient que des soldats en titre qui s'engraissaient, se battaient autour des jeunes filles et des vins mousseux, qui construisaient des boîtes de nuit et des villas, qui se vautraient dans la viande la plus inhumaine et, quand la puissance étrangère qui fournissait les guides en avait ainsi décidé, ils prenaient le pouvoir et choisissaient un nom de règne ; alors ils ouvraient des comptes écœurants dans les banques de la puissance étrangère qui fournissait les guides. De temps en temps, ils « perruchotaient » des versets établis par leurs ancêtres en discours inaugural de ceci ou de cela.

— La discipline est la force des armées mais elle n'est pas forcément la force des peuples. Parce qu'un peuple sait comprendre mais ne sait pas obéir. Parce que l'homme est fait pour comprendre et non pour obéir. Ce besoin de dialogue, je dirai le droit au dialogue, est inscrit dans toute la matière pensante. Seule la matière obéit aveuglément aux lois de la nature.

Ainsi parlait Jean Coriace, le père de la nation darmellienne. Mais Jean Coriace défendait qu'on l'appelât le père de la nation.

— Une nation n'a pas de parents, pour la simple raison qu'elle doit naître tous les jours. La nation doit naître de chacun de nous, autrement pourquoi voulez-

175

vous que ça soit une nation ? La nation ne peut pas
venir des illusions de deux ou trois individus, quelle
que soit la bonne volonté de ceux-ci.

A Félix-Ville, les discours de Jean Coriace circulaient
clandestinement en manuscrits appelés *obazansiani,*
c'est-à-dire mots de prophète. Ils faisaient des morts
et des blessés. Ils faisaient des enragés. La guerre ! La
guerre ne pardonne pas. On lâcha les mouches de Jean
Calcium seize fois dans toutes les villes de la Katamalanasie. La seule ville de Félix-Ville perdit deux de
ses cinq millions d'habitants. Les animaux et les plantes piqués crevaient et devenaient carbone pur ; si bien
que, la nuit, le pays de Mallot-l'Enfant-du-Tigre brillait. Il y eut tellement de carbone pur, d'une telle lu-
minescence, que la nuit avait été tuée en Katamalanasie. Mallot-l'Enfant-du-Tigre avait été enlevé pour la
troisième fois par les forces darmelliennes. Les Fusils
de la paix demandaient qu'il fût jugé et condamné à
la pendaison par les tribunaux darmelliens, mais Jean
Coriace repoussa cette procédure-là.

— Nous devons faire comprendre aux autres, au
monde, que nous ne faisons pas la guerre pour la
guerre. Notre guerre c'est pour la paix.

On ramena donc Mallot-l'Enfant-du-Tigre sous escorte d'honneur dans sa capitale. Le peuple l'appelait
déjà le Tigre-au-Chocolat. Les Gens de Martial lancè-
rent des tracts jusque dans les jambes de Mallot. Un
jour qu'il devait présider un meeting, place Saint-Jean-
Cœur-de-Père, Mallot vit se lever dans la foule des
banderoles : « Comment va Tigre-au-Chocolat ? », « A

quand le prochain voyage au Darmellia ? », « Paraît qu'ils vous offrent un voyage de vache ? »

— Que le monde est amer ! cria Mallot-l'Enfant-du-Tigre.

Il sortit son revolver et se fit sauter la cervelle en criant :

— Toi tu la fermes !

Le général Mariane-de-la-Croix, aux mains de qui la puissance étrangère qui fournissait les guides avait mis le pouvoir, fit pleurer Mallot-l'Enfant-du-Tigre pendant soixante-quinze jours et le consacra Martyr extraordinaire du peuple et de la cause populaire. L'enterrement de Mallot-l'Enfant-du-Tigre coûta sept milliards, chiffre cru ; les profiteurs de la fatigue des chiffres avaient tiré le chiffre cru au chiffre cuit de douze milliards sept cent soixante-dix-sept millions. Le mausolée de Mallot-l'Enfant-du-Tigre avala le chiffre cru de quatre milliards ; mais au lieu de parler de ces chiffres-là, les journaux et la radio nationale parlaient des dépenses militaires d'un pays voisin qu'ils accusaient de pratiquer une politique de défense absolument inhumaine. Les chiffres de l'enterrement de Mallot firent des morts et des blessés, comme tant d'autres chiffres, ils donnèrent un travail fou à ceux des Forces spéciales, ainsi qu'aux Gens de Martial.

— L'enfer ! L'enfer ! Ne cherchons plus, nous avons trouvé : l'homme a été créé pour inventer l'enfer. Qui aurait osé autrement ?

Le général Mariane fut entouré de tant de ferraille que tous les pays voisins, y compris le Darmellia, tremblèrent. Jean Coriace parvint à signer des accords de non-agression avec tous ses voisins, sauf, bien entendu, avec la Katamalanasie qui continuait à traiter le pays sécessionniste comme une province nationale. Mais l'Histoire n'attend jamais trop longtemps pour décider de l'éternité. La puissance étrangère qui fournissait les guides essaya un pas vers le Darmellia. Elle envoya une mission secrète, fit passer les agents de la mission pour des Français de la compagnie pétrolière Tropiques. Le premier des chaïdanisés à mourir dans cette intervention pétrolière fut Jean Calcaire qu'on disait être l'homme le plus riche du monde. Le chef de la mission pétrolière l'avait invité à dîner. A son retour, sa voiture quitta la chaussée, percuta un arbre et Jean Calcaire, qu'on connaissait bon épervier de la route à cause de ses sept victoires consécutives au Darmellia-Granita-et-retour, mourut carbonisé, sur la même route qui avait fait sa gloire sportive, dans le sens Granita-Darmellia. Une enquête policière établit que la mort de Jean Calcaire ne venait pas de « là-haut ». Deux mois plus tard, ce fut Jean Caoutchouc qui dut laisser la vie : il mourut empoisonné. On ne sut jamais par qui et quand. On avait retrouvé son corps dans sa chambre, tandis qu'il puait déjà. Jean Coutelas mourut dans ses bains, électrocuté.

Jean Coriace invita le ministre de la puissance étrangère qui fournissait les guides :

— Dites à votre pays que trois à zéro est un score noble. Mais si vous nous imposez la guerre, nous la ferons.

— Je ne comprends pas, Monsieur le Président.

— Ne me forcez pas à croire que dans les vieux pays, les ministres sont de vieux cons qui ne comprennent pas.

— Je ne comprends pas...

A la mort de Jean Cochon, Jean Coriace invita le Premier ministre de la puissance étrangère qui fournissait les guides. Monsieur le Premier ministre avait été reçu comme un dieu ; les Darmelliens avaient étalé des pagnes et des rameaux sur la chaussée et le cortège avait bu des heures d'ovations. Le gouvernement de Mariane avait protesté avec la plus farouche énergie contre la visite d'une haute personnalité d'un pays ami à un pays ennemi. Mariane était personnellement passé à la radio nationale pour parler de cette haute trahison. Il s'était même épanoui en éloquent insulteur des « Blancs qui ne savent pas respecter leurs engagements ». « Pauvre général, disaient les Gens de Martial, quel jour saura-t-il ce qu'il fait ? »

La visite du Premier ministre dura quatre jours. A sa fin, Jean Coriace reçut Monsieur le Premier ministre à dîner.

— Vous ne viendrez pas à bout de nous, dit Jean Coriace à la fin du dîner.

— Je ne comprends pas...

— Vous comprendrez plus tard, Monsieur le Premier ministre. Vous direz le score à votre Président : nous avons réduit la marque : quatre à un. Nous égaliserons. Et si le match continue, nous mènerons à la marque.

— Je ne comprends pas, Monsieur le Président.

— Quelqu'un comprendra pour vous, Monsieur le Ministre. Dites ce score aux journalistes à votre descente d'avion.

Mais personne ne comprit jamais tout à fait pourquoi Monsieur le Ministre mourut d'un arrêt du cœur deux jours après sa visite au Darmellia. En tout cas, le score était là : quatre à un en faveur de la puissance étrangère. Pour obtenir l'égalisation, Jean Canon dut se rendre en visite officielle dans la capitale de la puissance étrangère qui fournissait les guides. Trois semaines après le retour de Jean Canon dans son pays, la radio nationale de la puissance étrangère annonça la mort par arrêt du cœur du maréchal commandant l'armée de l'air de la puissance étrangère et celle de deux ministres. Dans son télégramme de condoléances, Jean Coriace marqua intelligemment le score. Le télégramme avait cinq phrases ; si l'on prenait le premier mot de chaque phrase, on avait cette phrase : « La prochaine fois les mouches. » Mais personne ne fit attention à l'avertissement de Jean Coriace, et quand Jean Cabane mourut d'une balle dans la nuque et que la marque fut aggravée quelques jours après par la mort de Jean Carbone, l'ambassadeur de la puissance étrangère à Félix-Ville mourut d'un arrêt du cœur en réduction de marque, et l'égalisation vint avec la mort, toujours par arrêt du cœur, du ministre des Affaires étrangères de la puissance étrangère. La puissance étrangère commença à surveiller le cœur des membres de son gouvernement. Jean Coriace obtint l'égalisation après la mort par accident d'hélicoptère de trois Jean : Jean Cataracte reçut un mystérieux coup de fil l'appelant au barrage hydro-électrique de Granita. Il n'en revint que par petits morceaux envoyés à Jean Coriace dans une malle mentionnée « fragile ». Jean Coriace qui aimait beaucoup Jean Cataracte pleura amèrement pendant cinq jours et cinq nuits.

— Nous sommes tous des chiens. Faut attendre son tour pour mordre.

Lors d'un passage dans la capitale de la puissance étrangère, Jean Coriace, dont le pays était sur le point d'être reconnu par l'ONU, bavarda quelques heures avec le président de la puissance étrangère qui fournissait les guides. L'entretien fut des plus cordiaux. Ils parlèrent de la situation militaire dans le monde, de l'économie de leurs pays respectifs, de la coopération fraternelle qui s'instaurait entre la puissance étrangère et le Darmellia. Au déjeuner que le président de la puissance étrangère offrit au premier darmellien, Jean Coriace déclara que son pays avait un but de retard. Personne, de la présidente, de ses quatre enfants, ni du président lui-même ne comprit cette déclaration. Tout le monde pensa que Jean Coriace parlait du retard technologique de son pays.

— Vous êtes un exemple scandaleux : vous avez réussi à vous équiper en moins de quarante ans. C'est à mon avis le premier, le tout premier miracle de votre continent.

— Il y en aura d'autres, dit Jean Coriace Vous

nous avez laissé le temps de faire des miracles en nous donnant la clé du vieux monde.

— Le vieux monde, dit Madame la Présidente. Le vieux monde.

— Le vieux monde, Madame la Présidente : on y vit de la même façon qu'on y meurt. Ça c'est fantastique. J'en profite pour y inviter votre aimable couple en visite privée, juste après l'admission de mon pays à l'ONU.

Avant la visite privée, le président envoya son ministre des Affaires étrangères pour s'assurer de la tropicalité de l'accueil. Le ministre était parti, mais il avait dû rentrer par le même avion : un télex lui annonçait la mort par arrêt du cœur de son président, de la présidente et de celle de leurs quatre enfants qui s'étaient suicidés. C'était d'autant plus douloureux pour les citoyens de la puissance étrangère que leur président avait un cœur de cheval et qu'il avait été pendant deux mandats un aimable président, intelligent, engageant.

— La prochaine fois, les mouches.

La puissance étrangère eut vent de l'existence d'une sève qui provoque des arrêts du cœur. Mais personne ne prit la rumeur au sérieux. Le match resta au score nul de quinze à quinze pendant deux ans. Le nouveau président de la puissance étrangère, un libéral, décida de combattre le Darmellia par guerre interposée. Le général Mariane obtint l'intervention des forces stationnées dans son pays. La guerre, ah ! la guerre ! Jean Canon lâcha la plus féroce des marques de mouches. La Katamalanasie fut appelée le pays du carbone. Ses habitants commencèrent à re-habiter grottes et cavernes. On construisit des villes souterraines. Le Darmellia entra dans la phase des revers. En deux ans, il fut jeté sur la forêt plusieurs tonnes de feu et de plomb. Darmellia avait été détruite complètement : la capitale alla à Granita. Le feu ! Les mouches piquaient. Les deux pays n'étaient plus que des cadavres qui se battaient dans le vide. Des nuages de feu contre les vents de mouches. L'enfer de Martial. Vingt-sept des trente chaïdanisés étaient morts. Trois seulement restaient : Jean Coriace, Jean Calcium et Jean Canon. C'est à cette époque que la puissance étrangère qui fournissait les guides se préparait à intervenir plus directement dans le conflit.

— Si vous nous imposez la guerre, dit Jean Coriace à l'ambassadeur de la puissance étrangère à Granita, nous la ferons, elle sera totale. Vous ne nous croyez pas, mais nous avons assez de nos mouches pour mettre votre population en danger ; nous fabriquerons du carbone avec votre peuple.

Voyant le danger que la puissance étrangère faisait peser sur eux, Jean Coriace et Jean Canon demandèrent à Jean Calcium de fabriquer des mouches qui pouvaient se déplacer aussi vite que la lumière. Jean Calcium mit sur pied des mouches-radio qui pouvaient diffuser un rayon mortel à plusieurs millions de kilomètres de distance. On parlait de faire fondre la lune, de fouiller le soleil.

— J'ai découvert le vrai fusil de la paix, dit-il à ses

frères ce soir-là. Il a la puissance destructrice de cent milliards de mouches et l'avantage d'agir à des distances inimaginables. Nous émettrons la mort, car j'ai inventé la bombe-radio.

Le général Mariane envoya une mission de paix à Granita. Pendant les deux années que durèrent les négociations, la Katamalanasie se prépara à une guerre plus tropicale, comme aurait dit feu Monsieur le Président de la puissance étrangère qui fournissait les guides. Pendant ce même temps, Jean Calcium fabriqua des mouches de toutes dimensions et de toute capacité. Des mouches envoyées en terre ennemie captaient les rayons mortels des mouches-mères lancées dans l'espace et les diffusaient. Les rayons carbonisaient êtres et choses et imprimaient la radio-activité à toute matière. Il fut construit à Granita quatorze bases de lancement de mouches, douze mille ruches de capacité variant entre quinze mille et trente mille mouches. A cette époque, Jean Calcium et ses deux frères avaient cinquante ans. Jean Calcium n'avait pas eu le temps de se marier, il y songeait un peu maintenant. Il sortait avec une jeune fille appelée Achankani Léonti. Elle essayait de ménager dans son cœur d'autres places que celles des mouches. Léonti avait le cœur tendre et le corps formel de Chaïdana-aux-gros-cheveux à l'époque où elle avait épousé le guide Jean-Cœur-de-Père.

— Tu parles toujours de la guerre. Comme si tu n'avais pas de corps. Comme si tu n'étais qu'une idée. Une vieille idée.

— Le temps des joyaux n'est pas encore venu. J'ai

un cœur de guerrier. Nous nous battons pour que la guerre s'en aille. Qu'elle s'en aille ou qu'elle nous tue !

Son regard sortait un peu du monde et de la vie, ainsi que certaines parties de son grand corps : le front, les membres, la bouche. Le petit peuple de Granita l'appelait le père Jean-le-Fou, sans trop savoir que c'était grâce à ses mouches qu'ils pouvaient rire, danser et boire.

— C'est un dur morceau que nous avons à vivre. Un morceau sans pitié. C'est plus dur pour moi qui ai construit l'enfer. Tous nos rêves ont été tués. On n'a plus tout à fait le droit de se battre. Mais on s'accroche à la guerre. La guerre c'est notre tic. Avant, quand c'était la guerre de la paix, on se battait comme des hommes ; maintenant qu'on est entré dans la guerre pour la guerre, on se bat comme des bêtes sauvages. On se bat comme des choses. On geste, un point c'est tout.

— Il y a la vie au-dehors.

— Y a pas la vie au-dehors. J'aime mes mouches peut-être plus que je ne saurais aimer aucun humain.

Il y avait la cuve des champignons carnassiers dont Jean Calcium avait chargé les premières séries de mouches. Léonti venait toujours s'appuyer contre cette cuve et regardait travailler Jean Calcium pendant des heures entières avant que celui-ci lui adressât la parole.

— Tu es venue ?

— Je ne voulais pas te déranger.

— Je commence à comprendre tes formes. Je commence à voir clair dans tes rondeurs. Le corps est une drôle de mouche.

Le temps passa. Il y eut d'autres petites guerres contre la Katamalanasie. L'année où Jean Calcium et ses deux frères fêtèrent leurs soixante-dix ans, un autre accord de paix fut signé entre le Darmellia et la Katamalanasie. L'accord ne plut pas entièrement à la puissance étrangère qui fournissait les guides. Quand le général Mariane vint en visite officielle au Darmellia, trois individus essayèrent d'attenter à sa vie. Les trois bandits furent conduits devant Jean Coriace qui donna l'ordre de les fusiller sur-le-champ. Jean Canon était à l'étranger et Jean Calcium ne quitta point ses mouches et ses vibrations mortelles. La fin de la visite officielle du général Mariane intervint après un déjeuner d'adieu offert par le visiteur à l'hôtel des Mouches. Dans le petit mot de remerciement, le général Mariane rappela la solidité des liens fraternels qui existaient entre la savane et la forêt, il réaffirma la volonté de son gouvernement de tirer un grand trait sur le passé. Mais les discours, ce n'est pas pour dire ce qui existe puisque quinze jours seulement après la visite officielle du général Mariane, l'avion qui emmenait Jean Coriace en visite de courtoisie à Félix-Ville avait été attaqué par des anti-coriaçards. Deux jours après l'attaque de l'avion et l'enlèvement de Jean Coriace, Jean Calcium reçut un étrange paquet. En l'ouvrant, il poussa un cri d'horreur : on lui avait envoyé la tête de Jean Coriace.

— Bâtards des bâtardises ! Ils vont me payer ça.

Il avait envoyé de véritables ouragans de mouches

186

à Félix-Ville. Après les mouches, il envoya le feu. Et Félix-Ville devint une horrible souche où tout était ombre et carbone, Félix-Ville devint un grand lac de carbone où nageaient des poissons d'ombres et des fantômes. La puissance étrangère qui fournissait les guides perdit un chiffre écœurant de ses citoyens à Félix-Ville. Jean Calcium continuait à envoyer ses vibrations meurtrières à Félix-Ville où la terre avait pris feu et fondait. Il se forma un gouffre de quelque sept cent cinquante mètres de profondeur, au fond duquel clapotait un goudron incandescent qui luisait, qui éclairait les lieux d'une lumière plus intense que celle du néon. Si vous l'aviez vu, ce lac de lumière : cette lumière crevait les yeux à des dizaines de kilomètres à la ronde ; elle trouait la peau. L'air était porté à des températures si élevées qu'il y eut de véritables ouragans et des tempêtes atmosphériques qui aspiraient des centaines d'avions. Il y eut cinquante-trois tremblements de terre dans la région en une semaine. Jean Calcium avait créé autour de Granita une ceinture de vibrations qui empêchait les troupes adverses de l'atteindre par quelque moyen que ce fût. La forêt aussi flambait déjà sous les bombes ennemies.

— Granita ! Granita !

Il plut sur Félix-Ville pendant deux mois après que Jean Calcium eut arrêté l'envoi des vibrations meurtrières. Ainsi naquirent le Nil qui a vu tous les pharaons, le Nyassa, le Victoria, la région des lacs.

— Granita ! Granita !

Jean Calcium était assis dans un fauteuil. Léonti lui

caressait le menton. Sa voix avait complètement
changé. Elle ne disait plus qu'une chose : Granita !
Granita !

Jean Calcium regarda sa centrale une dernière fois.
Léonti le tirait toujours : ils marchèrent pendant des
heures. Ils étaient passés par le pont Jean-Patatra, ils
traversèrent la place Chaïdana, allèrent jusqu'au quai
Kapahacheu. Rue Monsieur-l'Abbé, avenue du
R.-P.-Wang, boulevard Martial, place Layisho, place
Jean-Cabane, place Jean-Canon, boulevard Jean-Co-
riace, allée Pablo-et-Granito, rue Ramuelia-Gonzalès,
cité Victorio-Lampourta, square Henri, rond-point La-
Vie-et-Demie...

— Granita ! Granita !

— Tu ne sais pas combien de temps on est resté
sous terre, dans la centrale ? demanda Léonti.

— Trois jours, je crois.

Léonti éclata de rire.

— Comment donc ? Tu ne te rappelles pas ? La
guerre, les mouches, la chute de Darmellia, la chute
de toute la forêt, la mort de Jean Coriace, celle de
Jean Canon. Tu ne te rappelles pas ? Le feu. Tout ce
temps.

Elle tira un cheveu de sa tête et le montra à Jean
Calcium.

— Regarde !

Elle arracha un autre cheveu, puis un autre encore.
Les trois cheveux étaient tout blancs. Tout longs.

— Ai-je rêvé ? Granita !

Elle le tirait toujours. Ses vieilles jambes tenaient

miraculeusement, ses vieux yeux avaient envie de tout voir. Les vieilles oreilles voulaient tout entendre.

— Granita ! Granita ! Sodome et... Gomorrhe.

Ils marchèrent pendant sept jours et sept nuits.

— Je me demande si on est encore dans la vie, si c'est encore Granita, si je ne rêve pas immortellement.

Avenue Darmellia, piscine Kassar-Pueblo, place Abaïtchianko, hôtel *La Vie et Demie,* boulevard des Fusillés, rond-point du...

— Sommes-nous toujours au monde ?

— Tu ne te rappelles donc pas nos baisers, nos nuits, notre brûlant amour ? Tu ne te rappelles pas le jeu de mon corps, la chair tendre qui a tant vadrouillé dans nos cœurs ? Tu ne te rappelles donc pas Maya notre fille et notre fils Béni-Martial ? Tu ne te rappelles pas...

— Suis-je encore au monde ?

— Tu me fais peur, dit Léonti.

— Je crois que je suis mort à Granita.

— Tu es vivant, Jean. Il faut me croire sur parole. La vie, il faut y croire sur parole.

Et elle le tirait partout, comme un enfant, essayant de lui prouver qu'ils étaient encore dans la vie. Mais Jean Calcium n'en croyait rien. Il répétait des choses que Léonti ne pouvait pas comprendre.

— Je suis un cadavre, un enterrement. Je suis mon cadavre. Un cadavre heureux. J'ai été enterré à Granita. Carbonisé. Granita ! Gomorrhe ! J'ai inventé l'enfer. Que reste-t-il de Félix-Ville ? Parle-moi de Fé-

lix-Ville ! Toi qui te rappelles. Félix-Ville ! Il y a
quinze ans ! La guerre !

— Il ne faut pas parler de la guerre. La loi défend
cela. La loi a établi qu'il n'y a jamais eu la guerre ici,
il n'y a jamais eu la sécession, il n'y a jamais eu Félix-
Ville.

— Et pourquoi y a-t-il le boulevard Martial ? Pourquoi y a-t-il la place Abaïtchianko ?

— La loi défend de savoir pourquoi.

— Retournons à la centrale, que je revoie les choses
de très près.

La centrale était devenue le musée de la Douleur.
Le gardien expliquait les choses d'une façon aberrante
à celui-là même qui les avait inventées.

— Granita ! Granita !

Et le gardien approcha sa grosse gueule de son
oreille :

— Monsieur, ici on ne dit pas ce mot.

— Alors, comment s'appelle la ville ?

— Quelle ville, monsieur ?

— Cette ville.

— Chaïdanka. Nous sommes à Chaïdanka.

— Comment s'appelle le pays ?

— C'est honteux, monsieur.

Cette fois le gardien parla à haute voix.

— Honteux. Vous ne connaissez même pas le nom
du pays où... Vous êtes étranger ? Alors, comment
êtes-vous arrivé dans la capitale d'un pays que vous
ne connaissez pas ? Vos papiers, s'il vous plaît. Vos
papiers tout de suite.

— Mais...

— Vos papiers.

— Les voici, dit Léonti.

Le gardien tendit la main.

— Granita ! Granita ! On s'est battus pour qu'un jour on demande des papiers à Granita. Et à qui, nom de Dieu, à qui ?

— Qui vous a donné ce nom, monsieur ? demanda le gardien.

— Quel nom ?

— Celui-ci. Jean Calcium.

— Moi-même.

— Comment avez-vous osé, bâtard ?

— Notre père nous demandait de prendre un nom suivant une lettre par lui proposée.

Le gardien se jeta à genoux devant lui.

— Monseigneur ! Monseigneur !

— Levez-vous, dit Jean Calcium. Ne me faites pas tout ce mal.

Deux jours plus tard, Jean Calcium fut reçu par le président de la république du Bampotsoata. Le déjeuner qu'on offrit en son honneur prit cinq jours et cinq nuits.

— Granita ! Granita ! répétait Jean Calcium.

— Non, cher héros, on ne dit plus ces choses-là. On ne les a pas vécues. C'était le temps où nous rêvions. Depuis que nous avons choisi la réalité, nous avons défendu qu'on parle de ces choses-là.

— Excellence, dites-moi un ou deux mots de Félix-Ville.

— L'enfer ! Le feu de Martial, où il a plu pendant trois ans. Maintenant, il y a une mine de « Carbone 80 » sous seize cent cinquante mètres d'eau. Pourquoi voulez-vous, cher héros, qu'on en parle autrement qu'en ces termes-là ? Mangez votre caviar au citron. Ou peut-être préférez-vous le *kapotchinika*[1]. Il y a aussi le bouillon mousseux et... le caprice au coco... Vous fumez, n'est-ce pas ?

— Non.

— Essayez.

— Granita ! Mon corps se souvient de toi. Il est mort, Monsieur le Ministre de Sa Toute-Grasse-Hernie.

25 décembre 1977

1. Plat national fait d'œufs de grenouilles, d'alcool, de lait et de légumes

La Parenthèse de sang
roman
Hatier, 1981

L'État honteux
roman
Seuil, 1981

L'anté-peuple
roman
Seuil, 1983

Les Sept Solitudes de Lorsa Lopez
roman
Seuil, 1985
et « Points Roman » n° R 680

Moi, veuve de l'Empire
théâtre
L'avant-scène, 1987

Les Yeux du volcan
roman
Seuil, 1988

Le Coup de vieux
roman
Présence Africaine, 1988

Qui a mangé madame d'Avoine Bergotha
théâtre
Éd. Lansman, 1989

los dé Huri.

innocence Paymys
frontières Plextse ocs

La Résurrection rouge et blanche
de Roméo et Juliette
théâtre
Supplément à la revue Acteurs n° 83, 1990

Une chouette petite vie bien osée
théâtre
Éd. Lansman, 1992

Théâtre
théâtre complet, vol. 1
Éd. Lansman, 1995

Théâtre
théâtre complet, vol. 2
Éd. Lansman, 1995

Poèmes et vents lisses
poésie
Éd. Le Bruit des autres, 1995

Le Commencement des douleurs
roman
Seuil, 1995

L'Autre Monde
récit
Revue Noire, 1997

GROUPE CPI

Achevé d'imprimer en juillet 2001 par
BUSSIÈRE CAMEDAN IMPRIMERIES
à Saint-Amand-Montrond (Cher)
N° d'édition : 35306-2. - N° d'impression : 013270/1.
Dépôt légal : octobre 1998.
Imprimé en France